KB273839

웰컴 홈, 우리 집 학교

웰컴 홈, 우리 집 학교

7남매 홈스쿨링에서 찾은 **자녀교육의 해답**

김미영 지음

스미다

목차

✶✶✶✶✶✶✶✶✶✶✶✶✶✶✶✶✶✶✶✶✶✶✶✶✶✶✶✶

3부 스스로 성장하는 아이들

✶✶✶✶✶✶✶✶✶✶✶✶✶✶✶✶✶✶✶✶✶✶✶✶✶✶✶✶

『웰컴 홈, 우리 집 학교』라는 제목은 이 책의 내용을 가장 정확하게 말해준다. 저자 김미영은 일곱 아이를 키우는 엄마로서의 시간을 화려하게 포장하지 않는다. 대신 아이들이 심심함을 견디고, 남매가 서로의 울타리가 되어 자라나는 일상을 있는 그대로 보여준다. 그 과정 속에서 우리는 배움이 반드시 교실에서만 일어나는 것이 아니며, 가정이라는 공간이 얼마나 깊고 넓은 교육의 장이 될 수 있는지를 자연스럽게 목격하게 된다.

이 책에 담긴 돌봄과 살림의 시간은 반복적이고 사소해 보일 수 있다. 그러나 저자는 그 시간을 삶의 중심으로 끌어올린다. 매일의 밥상과 잠자리, 책 읽어주는 밤, 아이들 사이의 갈등과 화해가 한 사람을 키우고, 결국 한 사회를 지탱하는 힘이 된다는 사실을 이 책은 설명이 아니라 경험으로 전한다.

다자녀 가정은 종종 특별한 선택이나 대단한 용기로 이야기 된다. 그러나 이 책은 그보다 훨씬 중요한 이야기를 한다. 함께 살아낸 시간, 서로를 책임졌던 순간들, 그리고 포기하지 않고 가 정을 지켜온 부모의 태도가 얼마나 존엄한 일인지를 증명한다.

참으로 인상 깊었던 본문의 글귀를 인용해본다. '우리 자신만 으로는 매우 부족하지만, 우리는 서로에게 좋은 이웃이 됨으로 써 그 부족함을 서로 채워준다. 소망이 없어 보이는 곳에서도 그 사랑은 우리에게 다시 살 소망이 되어준다.'

다자녀 가정을 오래 곁에서 지켜봐온 사람으로서, 이 책은 오 늘 육아로 지친 부모들에게는 깊은 위로가 되고, 가정의 의미를 다시 생각하는 이들에게는 단단한 기준이 되어줄 것이라 확신한 다. 집으로 돌아온다는 것, 그리고 가정을 꾸린다는 것이 무엇인 지 이 책은 끝까지 따뜻하게 묻고 답해준다.

_곽갑순(한국다자녀가정협회 회장)

우리나라에서 홈스쿨 운동이 본격적으로 시작된 지도 어언 20년을 훌쩍 넘어가고 있다. 1990년대에 활발히 전개되었던 대 안교육 운동이 홈스쿨 운동으로 더 넓고 깊게 확산, 분화되었던 것이다. 그 결과, 지금까지 다수의 홈스쿨 연구서나 홈스쿨 가정 이야기를 담은 자료와 책들이 나왔다. 그러나 대부분 홈스쿨링 의 당위성이나 방법론, 과정, 입시나 진학 등에 초점을 맞춘 듯

하다. 왜 그런 삶을 살아가는지를 변론하고 그것을 어떻게 살아
내는지 변증하는 데에 집중해왔다는 인상이다.

  정작 그런 삶의 양식을 선택함으로써 각 가정과 가족 구성원
이 얼마나 행복하고 즐거운 삶을 살아가는지, 각자의 존재와 함
께하는 삶이 얼마나 기쁘고 감사한 것인지, 모든 가족이 스스로
자기 자신의 빛깔을 찾아가고 자기 속도와 리듬과 방법으로 자
기 인생을 살아내면서 참다운 자기를 발견해나가는지, 다시 말
해 온 가족이 함께 떠나는 즐거운 홈스쿨 여행으로 나아가고 있
는지를 이야기하는 책은 드물었다고 생각한다. 그러니까 우리가
이처럼 홈스쿨링이라는 삶의 양식을 선택하여 살아가는 참 의
미와 목적, 그 본질을 오롯이 살아내는 모습, 곧 한 가족으로서
서로의 존재를 기뻐하고 존중하며 사랑하는 삶, 각자 한 사람으
로서 진정한 자기를 찾아가고 발견해나아가며 인생을 향해 뚜
벅뚜벅 발걸음을 떼는 이야기를 만나기는 쉽지 않았다.

  이제 이 책을 통해 그동안 다소 아쉬웠던 부분을 채워주는 흥
미진진한 삶의 이야기를 만나보길 바란다. 아홉 가족이 함께 펼
쳐나가는 일상의 에피소드와 대화를 읽어나가면서, 가족 모두가
서로를 얼마나 애틋하고 끔찍하게 사랑하는지, 천천히 조금씩
자기를 찾아 나서는 여정이 얼마나 생생하고 재미있는지 푹 빠
져들어보면 좋겠다.

  앞으로 더 많은 가정의 이야기가 더욱 다양한 방식으로 훨씬
더 활발하게 나누어질 수 있기를 바란다. 이렇게 멋지게 살아가

는 가족들이 보여주는 즐거운 가정생활의 서사들이 켜켜이 쌓여 이 시대와 세대에게로 잔잔히 흘러 들어가 기존의 도도한 물줄기를 조금씩이나마 바꾸어갈 수 있기를 바란다. 이제껏 살아온 삶의 전통과 구습을 좇아 그저 이전의 관성과 관행대로 살아가는 게 아니라, 인생의 참 의미와 가치, 결혼과 가정의 본질, 가족의 존재를 기꺼이 누리고 즐기며 기뻐하고 감사하는, 사랑 넘치는 삶의 이야기가 이 땅과 사회에 가득 흘러넘치기를 소망한다.

점점 비혼주의와 결혼을 하더라도 자녀를 낳지 않는 세태가 만연해지는 시대에, 그와는 정반대의 삶을 살아가고 있는 이유가 무엇인지, 그 삶은 어떤 의미가 있는지, 실제로 어떤 풍경이 펼쳐지는지, 중간중간 들르는 경유지에서는 어떤 일이 벌어지는지, 종착지에서는 어떤 열매들이 기다리고 있는지 등을 꼼꼼히 살펴보면서, 독자들이 나도 이런 삶으로 한 걸음 다가서 보겠다는 마음을 가질 수 있다면 더 바랄 나위가 없겠다. 이 세대와 다가오는 세대에 그런 비전을 품는 사람들이 더 많아지기를 바라는 소망으로 일독을 권하면서, 오랫동안 함께 이 길을 걸어온 동지이자 길벗인 이 가정의 이야기를 담담히 담아낸 이 책을 기쁘게 추천한다.

_임종원(번역가, 전국 홈스쿨 네트워크 GPN 대표)

오늘날 우리 사회는 급격한 인식의 변화를 겪고 있다. 결혼을 기피하고, 설령 결혼하더라도 자녀를 두지 않겠다는 '비혼'과

'딩크DINK' 문화가 확산되고 있다. 많은 젊은이가 "자신의 삶을 희생하지 않기 위해" 또는 "가정을 이루어 아이를 낳아 양육하는 것이 너무 어려운 환경이어서" 가정을 꾸리는 것을 유보하거나 아이 낳기를 포기하고 있다. 통계에 따르면 30대 미혼 비율이 절반(51.3%)을 넘어서고, 결혼과 출산을 필수라 여기는 청년들이 10% 미만일 정도로 생명의 소중함과 가족의 가치가 도전을 받는 시대이다.

이러한 현실 속에서 일곱 명의 아이를 낳아 홈스쿨링으로 길러낸 저자의 이야기는 우리 사회의 통념을 깨뜨리는 놀라운 감동이자 충격으로 다가온다. 원고를 한 장씩 넘길 때마다 저자가 엄마로서 겪어온 눈물 어린 분투와 아이들의 천진난만한 웃음소리가 생생하게 전해져 내 눈시울을 붉게 만들기도 하고, 때로는 나도 모르게 환한 웃음을 짓게 했다.

저자는 "생육하고 번성하여 땅에 충만하라"는 창세기 말씀을 단순한 영적 해석에 가두지 않았다. 하나님께서 허락하신 육체적, 물리적 생육과 번성이야말로 이 땅을 향한 가장 본질적인 축복임을 삶으로 증명해냈다. 희생이라고 생각했던 양육의 시간들이 사실은 하나님께서 자신을 더 성숙하고 더 깊은 사랑의 존재로 빚어가는 은혜의 과정이었음을 저자는 엄마의 시각에서 담담하고도 진솔하게 풀어내고 있다.

2024년을 기준으로, 미국에서는 이미 420만 명(학령기 아동의 약 6.3~7.9%)이 홈스쿨링을 하고 있을 만큼 보편화된 대안적 교육의 길이지만, 여전히 한국에서는 낯설고 험난한 선택이다. 그럼에도 불구하고 홈스쿨링에 대한 관심이 커지고 대안학교 재학생이 증가하는 현시점에서, 이 책은 단순히 교육의 방법론을 넘어 "아이를 어떻게 사랑하고 한 인격체로 존중할 것인가"에 대한 근본적인 해답을 제시해준다.

결혼과 아이가 내 삶의 짐이 될까 두려워하는 이 시대의 젊은 이들에게 이 책을 권한다. 저자가 만난 일곱 명의 아이들은 저자의 삶을 앗아간 존재가 아니라, 저자의 세상을 일곱 배 더 넓고 깊게 만들어준 하나님의 선물이다.

진솔한 양육의 에피소드를 담은 이 책이, 가족이라는 울타리 안에서만 경험할 수 있는 최고의 행복을 잊고 사는 많은 이에게 다시금 생명의 기쁨을 회복하는 따뜻한 이정표가 되기를 소망하며 기쁜 마음으로 추천한다.

_한기수(전 연세대 부총장)

이 책은 일곱 아이를 품은 한 어머니의 깊고 따스한 마음 밭에서 피어난 '사랑의 교육 일기'이다. 저자는 아이들을 가르치기보다 함께 자라며, 경쟁보다 배려로, 스케줄보다 생명으로 아이들을 품는다. 그 속에서 일곱 남매는 서로의 울타리가 되어준다. 울고 웃는 일상의 순간들이 가족 사랑과 형제애의 가장 순수한 빛으로 물든다.

일곱 빛깔의 아이들과 부모의 헌신이 어우러져 만들어진 이

가정은 마치 아홉 식구의 목소리가 조화롭게 울려 퍼지는 따뜻한 아카펠라 음악 같다. 또한 각자의 색이 스며든 한 폭의 수채화처럼, 보는 이의 마음까지도 은은히 물들인다.

_강인성(온다공동체 컴홈 대표, 숭실대학교 행정학부 교수)

이 책은 18년 대안교육 현장에 있는 교장의 마음을 예리하게 파고들었다. 어느 교육서보다 탁월하게 머리와 가슴을 동시에 습격했다. 아이들의 성장 이야기이지만, 아이들로 인해 성숙해진 부모가 그 속에 숨어 있다. 이것이 바로 교육의 가장 아름다운 모습이다. 저자가 교육자로서 주장하지 않지만, 교육이 교사-학생-교실-교재에서 사람-가정-자연이라는 본질로 돌아가야 한다는 강력한 메시지를 만나게 된다. 진솔한 어머니이자 참교육자의 이야기가 많은 사람에게 전달되면 좋겠다.

_장한섭(이야기학교 교장, 총신대학교 기독교교육과 겸임교수)

대체 불가능한 사랑의 수고이자,
세상에서 가장 위대한 기술

멀리 사우디아라비아에서 홈스쿨링을 하고 있는 후배에게서 전화가 왔다.

"누나, 내가 알고 있는 인터넷 신문사에서 홈스쿨링에 관한 글을 써달라길래 누나를 소개해줬어."

"나? 안 돼. 나, 글 못 써."

"걱정 안 해도 돼, 누나. 그냥 학교 안 다녀도 살 수 있다, 딱 그 정도면 돼. 그냥 일기 쓰듯이 편하게 써."

이것이 이 책이 나오게 된 계기이다.

나의 아버지와 큰아버지는 학교 선생님이었다. 사람은 태어나서 성인이 되기까지 반드시 학교에 다녀야만 하는 줄 알고 살았다. 학교에 다니지 않고도 건강한 사회인으로 살 수 있다고 생각해본 적이 단 한 번도 없었다. 부모의 역할은 자녀가 학교에 잘 다니도록 지원해주는 것이라고 생각했다. 자녀였던 나는 12년간 학교에서 대부분의 시간을 보내야 한다는 것을 의심해본 적이 없었다. 내 주변의 모든 사람이 그렇게 살고 있었다.

그 덕분에 나는 일곱 살 차이가 나는 언니와 어린 시절을 공유한 추억이 없다. 각자 학교에서 자기 또래들과 지냈다. 내가 초등학생일 때 언니는 도시에서 하숙하며 고등학교를 다니고 대학을 갔다. 언니가 있어도 없는 것이나 다름없었다. 다섯 살 차이가 나는 오빠는 성별이 다르다 보니 아주 어렸을 때를 빼고는 학교에서 또래 남학생들과 지냈다. 고등학교 또한 도시에서 하숙하며 다녔기에 내 기억 속에는 오빠와의 추억도 거의 없다. 나도 가족보다는 친구와 지내는 시간이 훨씬 많았다. 부모님은 나에 대해 잘 몰랐다. 나도 부모님은 내 등 뒤에 계시는 것이 당연하다 여기며 살아왔다.

그러나 내가 부모가 된 뒤에, 우연히 '홈스쿨링'이라는 것을 알게 되면서 생각이 바뀌었다. '그래, 사람이 꼭 학교에 다녀야만 사람 구실을 하며 사는 건 아닐 거야. 배움이라는 것이 꼭 학교에서만 일어나는 것도 아니고. 학교 없이 한번 살아볼까? 아니면, 다시 돌아오면 되지.' 그렇게, 한 번도 의심해본 적 없던 공교육 시스템에 도전장을 내밀고, 견고한 공교육의 틀에서 벗어나 일곱째를 키우는 오늘에까지 이르렀다.

첫째에게 입학통지서가 날아올 무렵, 초등학교 교사였던 아버지께 조심스레 홈스쿨링을 할 예정이라고 말씀드렸다. 반대하실까 봐 조마조마했는데 오히려 잘 생각했다고 하신다. 이유인즉, 학업에 있어서는 학교생활이 상당히 불합리하다는 것이다. 아는 아이는 모르는 아이를 위해 계속 반복되는 수업을 들어야 하고, 모르는 아이는 반복해도 모른다. 또 한 주제를 가지고 조금씩 쪼개지는 수업 시간이나, 점심시간, 쉬는 시간, 중간시험, 기말시험, 각종 학교 행사 등 공부에 집중할 수 있는 시간이 많이 없다는 것이다. 다만 걱정되는 것은 사회성이라고 하신다. 사회성만 해결된다면 학업적인 면에서는 오히려 홈스쿨링이 집중력 있게 공부할 수 있을 것이라고 하셨다.

학교에서 수십 년을 보낸 아버지가 하신 말씀이기에 한편 안심이 되었다. 아직 홈스쿨링을 시작하기 전이기에 사회성에 대해서는 나도 어떤 일이 있을지 알 수가 없었다. 그러나 20여 년을 이렇게 살아보니 홈스쿨링으로 자란 아이들의 가장 큰 장점이 사회성이라는 것을 누구보다 잘 알게 됐다. 학교에서는 수평적인 관계만 있지만, 홈스쿨링을 하게 되면 수평적으로 또 수직적으로 다양한 관계가 이루어진다. 선생님이 되어준 많은 부모, 친구들뿐만 아니라 친구들의 언니, 오빠, 누나, 형, 동생 들과 관계가 이루어지기 때문에 또래를 넘어선 다양한 사람들과의 의사소통이 가능하다. 우리 집 여덟 살부터 스물네 살까지의 아이들의 대화가 한 식탁에서 어우러지듯, 내가 본 홈스쿨러들의 대부분의 인간관계가 그러하다.

딸과 아들을 둔 홈스쿨 선배 언니에게 홈스쿨링을 해서 좋았던 점이 무엇이냐고 물은 적이 있다. 선배 언니가 말한다. "이 아이들을 학교에 보냈다면 성별이 달라서 각자 자기 삶을 살았을 텐데, 홈스쿨링을 하며 모든 추억을 함께 공유한 것이 너무 좋아." 나도 그렇다. 일곱 자녀지만 우리는 출생부터 성장기의 모든 시간을 함께 공유하고 있다. 각자의 친구들뿐 아니라 형제와 부모님까지 모든 것을 공유한다. 우리와 동행한 많은 가정이 이제 서로 다른 가정의 아이들에게도 든든한 울타리가 되어주고, 서로의 자녀들을 응원하며 외로운 세상에 지지자가 되어주고 있다. 이것은 우리 부부에게도 큰 힘과 위안이 된다.

2021년부터 2023년까지 《더 칼럼니스트》에 연재했던 글들을 엮어 책으로 펴내게 되었다. 아이들을 키우면서 짬을 내어 썼기에 2주에 한 번, 어떨 때는 한 달에 한 번, 거북이걸음으로 썼던 글들이다. 시간 순서가 아니라 떠오르는 주제별로 썼기 때문에 한 편의 글 안에서도 시간이 왔다 갔다 한다. 연재가 끝나고 책을 출간하기에 앞서 큰 아이들의 근황과 다섯째, 여섯째, 일곱째, 작은 세 딸들의 이야기를 추가로 담았다.

글을 모아서 책을 내기로 결심한 이유가 있다. 먼저는 오늘도 육아로 힘든 싸움을 하고 있는 엄마들을 위로하고 격려하고 싶어서이다. 오늘 하고 있는 이 작은 씨름들이 얼마나 위대한 생명 창조의 과정에 참여하고 있는 일인지 말하고 싶었다. 집에서 매일 반복적으로 하는 별것 아닌 것 같은 살림을 통해, 가정을 평

안하고 행복하게 만드는 것은 세상에서 가장 위대한 기술이라
는 것을, 누구도 대체할 수 없는 그 사랑의 수고가 오늘 이 거친
세상에서 우리 아이들과 가족을 지키고 결국에는 저출산 시대
에 우리의 미래를 지키고 있는 일임을 이야기하고 싶었다.

이 책이 공교육과 사교육으로 여유를 잃은 부모들에게 잠시
쉬어가는 의자가 될 수 있기를 바란다. 소중한 아이들의 눈을 마
주 보고 얼굴을 쓰다듬으며 따스한 포옹으로 서로의 가슴에 온
기가 살아나게 하기를 바란다.

우리 부부는 2001년 봄에 결혼해서 2003년 봄에 첫째를 낳
았다. 2005년 가을에 둘째를, 2008년의 새해 첫날에 셋째를,
2011년 1월 아빠와 같은 생일에 넷째를, 2015년 여름에 다섯째,
2017년 여름에 여섯째, 2019년 여름에 일곱째를 낳았다. 다섯
째를 낳고 싶은 마음은 있었으나 엄두를 내지 못하던 시간이 있
어서 이 둘 사이만 네 살 차이가 난다.

첫째를 어린이집에 보내고 싶었으나 자리가 없어서 의지와
상관없이 집에서만 양육하고 있다가, 지인의 소개로 2008년에
홈스쿨 공동체에서 여러 가정과 함께 토요일마다 홈스쿨 모임
을 갖게 됐다. 그러던 중 2018년에 우리 가정만의 고유한 색깔
을 찾고 싶어서 독립적인 홈스쿨을 시작했다. 지금은 작은 규모
지만 뜻이 맞는 가정들과 이 길을 함께 걸어가고 있다.

2024 9P
나은

✳ ✳ ✳ ✳ ✳ ✳ ✳ ✳ ✳ ✳ ✳ ✳ ✳ ✳ ✳ ✳ ✳

"꼬끼오, 나와라!"
7남매의 병아리 키우기 대소동

✳ ✳ ✳ ✳ ✳ ✳ ✳ ✳ ✳ ✳ ✳ ✳ ✳ ✳ ✳ ✳ ✳

"꼬끼오! 꼬오꼬!"

새벽에 전등을 켜자 해가 뜬 줄 알았는지 닭이 운다. 발코니에 다 커버린 닭이 네 마리. 으악, 이제 시간이 얼마 없다. 민원이 들어오기 전에 빨리 어디론가 보내야 한다.

아이들이 병아리를 부화시킨 것은 이번이 처음이 아니다. 10년 전, 첫째가 직접 부화기를 만들어 병아리 부화에 도전했다. 마트에서 산 유정란 다섯 알에서 두 마리의 병아리가 태어났다. 어미닭이 없어서인지 산모가 초산의 고통을 겪듯이 밤새도록 껍데기를 깨고 나오느라 병아리도 아이들도 애를 먹었다. 습도와 온도를 수동으로 일일이 맞추며 밤낮 가리지 않고 전란을 해준 정성이 아이들에게 어미 닭의 마음을 갖게 한 것 같다.

그런데 한 마리가 많이 아프다. 아무것도 먹지 못하는 병아리를 살리고자 딸 둘이서 정성을 다했다. 가는 주사기에 노른자 물을 넣어 먹여주고 밤을 지새워 돌보았다. 곧 죽을 것 같던 병아리는 그렇게 2주를 더 살고 떠났다.

혼자 남은 닭, 콜라. 콜라는 첫째가 지어준 이름인데 아주 우아했다. 암탉이었지만 힘차게 날아오를 정도로 커버렸기에 알까지 낳기를 기다릴 수 없었다. 본격적으로 울어대기 전에 빨리 보내야 했다. 수소문 끝에 지방에 사시는 할머니가 아는 집으로 보내기로 했다.

콜라를 떠나보내던 날, 닭을 싫어하던 나조차 딸을 출가시키는 기분이었다. 넓은 마당이 있는 집이니 콜라에게 아파트와는 비교할 수 없이 좋은 환경일 것이라는 위로로 모두 눈물을 참았다. 첫째의 책상 위에 종이 한 장 가득 쓰다만 편지가 있었다. 콜라에게 보내는 것이었다. "모이는 입에 맞니?" "다른 닭들이 텃세를 부려 힘들지는 않니?" 등 안부와 당부의 편지였다.

그렇게 첫 번째 닭과 이별했다. 그리고 5년 후, 두 번째 부화를 맞이했다.

첫째보다 다섯 살 아래인 셋째가 당시의 첫째만큼 나이를 먹었다. 1년이 넘도록 잠만 자고, 만사에 하고 싶은 일도, 해야 할 일도 없다면서 빈둥거리다가 갑자기 도전하고 싶은 일이 생겼다며 벌떡 일어났다. 누나들의 도움을 받아 부화기를 만들고, 일일이 온도와 습도를 조절하며 포장된 지 일주일이나 지난 메추

라기를 부화시켰다. 그러더니 우연히 얻은 유정란 다섯 알까지 부화시키는 데에 성공했다.

솔직히 나는 한두 마리 정도만 태어나길 바랐다. 그런데 다섯 마리가 모두 태어났다. 그중 한 마리는 아파서 일찍 떠났고, 남은 네 마리가 아주 튼튼하게 자랐다.

부화를 시작할 때부터 나는 선을 그었다. 엄마는 동생 똥밖에 못 치운다고. 아이들이 절대 걱정하지 말란다. 아파트 발코니에서 한 마리도 아니고, 두 마리도 아니고, 세 마리도 아니고…. 아, 애도 많은데 닭도 많다. 닭은 왜 또 이렇게 빨리 크는 걸까? 병아리는 귀엽기라도 한데 말이다. 병아리들이 점점 닭이 되어가면서 닭장도 크기를 맞춰줘야 한다. 재활용 쓰레기를 버리는 날이면 점점 더 큰 박스를 주우러 다닌다.

그런데 일이 났다. 닭도 박스 안이 답답하기에 하루 몇 차례 산책을 시켜줘야 한단다. 강아지라면 데리고 나갈 텐데, 닭을 어떻게 산책시킬까? 아이들이 닭 발에 실을 묶어 나가잖다. 그런데 위험하다. 길바닥에 쉴 새 없이 깔릴 똥도 문제지만 우리 아파트엔 고양이가 많다. 그래서 발코니에 풀어놓고 산책을 시킨다. 셋째는 바닥에 떨어진 똥을 닦아내느라 정신이 없다. 그래도 닭이 자기 자식처럼 느껴지는지 닭장 안과 밖의 똥을, 방에 냄새가 들어오지 않을 정도로 열심히 치워냈다.

닭은 의욕 없던 셋째를 더 이상 누워 있을 수 없게 만들었다. 관심 없던 도서관에도 가기 시작했다. 소규모 양계에 관한 다양한 책을 빌리고, 우리 집 닭들의 진로를 연구하기 시작했다. 부모가 자식을 낳고 인생이 달라지는 것과 비슷했다. 셋째는 자식 같은 닭 때문에 자기 성격의 가장 큰 단점인 부끄러움도 극복하게 되었다.

셋째가 닭에 열정을 쏟는 것과는 별개로, 닭이 울까 봐 내 마음은 조마조마했다. 한밤중에 아기가 울 때의 기분이다. 그러나 아이들은 마치 아기가 말을 배울 때의 부모처럼, 막 울기 시작한 닭을 대견해했다.

어느 날, 아침나절에 닭이 운다. 지나가던 주민이 멈칫하고 선다. 잘못 들었겠지, 생각하고는 길을 간다. 닭이 두 번째 운다. 뒤를 한 번 돌아보고는 다시 걸음을 뗀다. 닭이 세 번째 운다. 그러면 발걸음을 돌려 우리 집 발코니 앞으로 온다.

주민들 중에는 어린 꼬마도 있다. 이제 우리 집에 닭이 있는 줄 안다. 아침나절, 닭이 울기도 전에 발코니 앞에 와서 닭을 부른다.

"꼬끼오, 나와라!"

더 이상 지체할 수 없어 양계장에 닭을 보내기로 했다. 그러나 셋째는 자기가 직접 밭에 놓을 수 있는 닭장을 만들겠다고 한다. 설계도 끝났고 재료도 알아봤으니 조금만 시간을 달란다. 미덥지 않아 하는 가족에게 간청한다. 암탉이 세 마리라 알 낳는 것을 꼭 보고 싶단다. 전혀 기대하지 않았던 우리는 곧 이 열네 살짜리 아이가 만들어낸 멋진 닭장에 감탄을 쏟아내게 되었다.

홈스쿨링을 하면서 이런 일을 흔하게 겪었다. 아이들이 학교에 다녔다면 이런 일들은 아이들의 어린 시절에 매우 희소한 경험이 되었을 것이고, 아이들의 추억도 성장도 그 경험에 한정되었을 것이다.

첫 아이 출산과 동시에 홈스쿨링을 시작한 지 24년 차다. 그사이 큰아이에게 여섯 명의 동생이 생겼다. 내가 계획했던 인생은 전혀 아니다. 남편은 더더구나 아니다. 넷째 출산 때부터 친정 엄마에게서 미쳤냐는 소리를 들었다. 그러나 지금은 손주들 때문에 누구보다 행복해하신다.

다시 산다 해도 이보다 더 좋을 수 있을까. 오늘에 이르기까지 있었던 숱한 웃음과 눈물이 가족이라는 견고하고 안전하고 행복한 둥지를 만들어주었다. 그뿐 아니라 때로는 다른 이들도 함께 쉬어갈 수 있는 따뜻한 쉼터가 되어주었다.

셋째의 닭장 건설 이야기

아이들 덕에 다양한 나잇대의 좋은 부모들을 만났다. 나와 배우자에게 없는 재주를 지닌 부모들을 만나는 것은 아이들에게도 좋은 경험이 되었다.

아이들의 아빠는 벽에 못 하나 박지 못하는 실력이지만, 셋째는 친구 아빠에게서 드릴 사용법과 설계 도구를 사용하는 방법 등 일상에 필요한 소소한 기술들을 배웠다. 그 기술을 바탕으로 닭장 설계와 재료 구상을 마쳤다.

그런데 가장 큰 문제에 봉착했다. 돈이다. 그야말로 결정타다. 우리는 아이들에게 용돈을 따로 주지 않았다. 각자 벌어서 쓰게 했다. 늘 함께 있었기에 용돈이 필요한 일이 많지 않았고 일일이 다 줄 형편도 안 되었다. 첫째와 둘째는 동생들을 가르쳐서 벌었다. 각자의 재능으로 가족에게 봉사하게 했고, 집안일은 당연한 일이라 원칙적으로 대가를 지불하지는 않았다. 가끔 일을 많이 했을 때 깜짝 용돈을 주는 정도였다.

그동안 셋째는 벌어놓은 돈을 닭을 키우는 데에 이미 다 지불했다. 돈을 어떻게 마련할지 궁리하는 셋째에게, 우리는 친한 가족들한테 투자를 유치해보라고 조언했다. 그런데 그 제안은 뒷감당이 안 되나 보다. 시간이 촉박한 관계로 이번에는 아빠가 재료비를 대주겠다고 제안했다.

사실 조건은 없었는데 셋째는 단번에 거절했다. 아빠가 대주주가 되면 닭장 운영에 일일이 관여할 수 있다는 것이다. 어찌되었든 자기가 돈을 구해서 닭장 운영의 대주주가 되어야 한단다. 아직 돈은 한 푼도 구하지 못했는데도, 자식 같은 닭들을 산짐승뿐 아니라 쥐새끼 한 마리도 못 건드리게 해야 한다고 재료를 아낌없이 쓴단다. 닭들이 우리와 함께 사는 것이 아니기에, 아기들을 홀로 둬야 하는 아빠의 심정이겠거니 하고 지켜보기로 했다.

닭 두 마리는 셋째 것이고 다른 두 마리는 누나들 것이었기에 일단 닭장의 일부 금액은 누나들에게 받았다. 돈 쓸 일이 없어서 가장 부자였던 넷째에게 "절반의 금액을 투자하라"고 감언이설로 설득하기 시작했다. 가장 만만했는데 잘 안 넘어온다. 계약서를 만들었다. 닭이 알을 낳으면 투자금의 5분의 1을 주고, 알을 낳지 못할 때가 되면 투자금을 돌려주겠단다. 그리고 동생의 친구들이 놀러 오면 직접 알을 꺼내는 체험 및 그날만큼은 닭장의 운영권을 주겠다고 한다. 알은 내가 시가로 사주기로 했다.

드디어 셋째가 동생과 계약서 작성을 끝내고 재료를 인터넷으로 주문하기 시작했다. 웬 이름 모를 파이프들이 속속들이 도착하고, 시간 관계상 현장에서 구입해야 하는 재료들을 위해 우리 밭이 있는 군내 철물점에 일일이 전화를 걸어 재료를 문의했다. 셋째는 부끄러움이 많은 아이다. 그런데 조금도 주저하지 않고 서슴없이 어른들을 상대로 자기 일을 해나갔다.

이렇게 부모의 도움 없이 스스로 일을 해결해나갈 수 있었던 것은 우리 부부의 의도나 훈련의 결과가 아니다. 하루에도 수십 번씩 불리는 '엄마' 소리에 일일이 답해줄 수 없었던 나의 한계가 아이들을 자립하도록 만들었다. 나에게는 항상 돌봐야 하는 아기가 있었기에 아이들이 요구할 때마다 도움을 줄 수는 없었다. 나는 그때마다 미안했다. 그러나 내가 한발 물러설 수밖에 없었던 그 시간에 아이들은 스스로 일을 처리하기 위해 연구하고 용기를 내며 자기의 필요를 해결해가는 법을 배우게 되었다.

내게 시간적인 여유가 있었다면 그동안 아이들이 처리했던 많은 일이 내 손을 거쳤을 것이고, 아이들은 아직도 나를 의지하고 있을지 모른다. 아이들이 많아지면서 내가 해줄 수 있는 일은 줄었지만 아이들은 자기가 갖고 태어난 모습에 점점 더 충실하게 성장해갔다.

드디어 닭장이 완성되었다. 아빠는 시키는 일을 하는 보조 역할만 했다. 사실 나는 닭장을 기대한 것이 아니라 실패를 통해 배움을 얻으리라고 생각하고 있었다. 그런데 그 생각이 미안할 정도로 손색없는 닭장을 만들었다. 늘 장난꾸러기 동생이었던 셋째는 이 사건을 통해 누나들에게도 인정을 받았다.

끈기와 인내심 그리고 추진력, 그것들이 결과물로 나타나기까지의 과정을 통해 우리도 알지 못했던 셋째의 성숙해진 인격을 발견했다. 그렇게도 바라던 알을, 세 마리의 암탉이 한꺼번에 낳기 시작했다. 이제 밭에 갈 때마다 둥지 안에 놓여 있는 알들이 우리에게 생명의 신비를 전해준다.

꿈이 이루어지는 그 순간만 계속되면 얼마나 좋을까. 이 좋은 순간이 다시 일상이 된다. 꿈을 유지하는 일상에는 또 다른 땀과 노력과 인내가 기다리고 있다는 것을 우리는 또 배우고 있다.

홈스쿨링의 8할은
밭에서 배운다

한동안 매주 토요일마다 양평에서 홈스쿨링 가정들과 모임을 가졌다. 다양한 부모들이 각자의 재능을 나누어 오전에 아이들을 가르쳤다. 오후에는 운동을 좋아하는 아빠들이 아이들과 함께 생태공원에서 축구나 야구를 했다. 그 외 삼삼오오 짝을 지은 아이들은 공원 안에서 쑥을 뜯거나, 곤충과 올챙이를 잡거나, 여러 가지 놀잇거리들을 찾아서 놀기도 했다.

신나게 하루를 보내고 나면 곧 교통지옥을 거쳐 서울로 돌아가야 할 시간이 되었다. 돌아오는 차에서 나도 아이들도 파김치처럼 늘어지지만, 그래도 우리는 토요일만 손꼽아 기다렸다. 일주일 내내 시내 한복판 아파트 단지에 갇혀 지내는 아이들에게 토요일은 자연을 만끽하며 마음껏 뛰고 호흡할 수 있는 시간이고, 부모인 나에게도 일주일간의 스트레스를 날려 보내고 에너지를 다시 채우는 시간이었기 때문이다.

그러다 2017년에 남편이 양수리 생태공원 옆에 있는 텃밭을 다섯 평 정도 얻어서 아주 작은 규모로 밭농사를 시작하게 되었다. 여름에 감당할 수 없을 정도로 밭을 덮어버리는 풀 때문에 나는 계속해서 밭일을 접으라고 했다. 홈스쿨링만으로도 바쁜 나에게 밭일은 하지 않아도 되는 소모적인 일로 보였다.

하지만 남편은 홈스쿨링의 8할은 밭에서 배운다며 밭일을 접지 않았다. 부모도 아이들도 밭에서 배울 것이 많다고 오히려 밭의 규모를 점점 늘려갔다. 서울시민을 위한 친환경 텃밭과 개인이 빌려주는 주말농장 등 남편은 다양한 정보로 밭을 얻어나갔다. 처음에는 양평에서만 텃밭을 얻었다가, 이후 강서구 끝자락에 있는 개화에 텃밭 하나를 더 얻어 두 군데를 오갔다. 나중에는 양평과 고양과 파주, 이렇게 세 군데를 한꺼번에 오가며 주말농장을 가꿨다.

학교에 다니지 않아도 아이들이 잘 클 수 있을지 내가 불안해할 때마다 남편은 나에게 밭에 나와보라고 했다. 밭에 나와서 식물이 자라는 것을 보고 배우라는 것이다. 남편 말대로 밭에서는 뿌린 씨에서 싹이 돋고, 때가 되면 씨앗이 품은 정체성대로 열매의 모습이 나타났다. 참으로 신기했다. 홈스쿨링을 책으로만 배우려던 나도 밭일을 할수록 스스로 성장하는 생명의 신비를 느끼게 되었고, 아이들이 잘 클 수 있을지에 대한 염려를 내려놓을 수 있었다.

감자로 시작해서 방울토마토, 상추, 알타리무, 배추, 김장 무 등을 처음 심어보았다. 제법 열매가 열리고 홈스쿨링 가정들과 나누어 먹을 만큼 풍성하게 수확을 보았다. 파주에서는 여섯 가정이 한 해 농사를 함께 지어서 가을 수확기에 김장배추 대회를 열어 배추 크기로 상을 주기도 했다. 그리고 각 가정이 거둔 수확물을 요리해 파티를 열었다. 아이들도 직접 재배한 식재료로 만든 음식들을 먹으며 즐거워했다. 한껏 먹고 난 뒤에는 윷놀이로 한판 어우러져 수확의 기쁨을 함께 나누던 그 시간이 지금도 그립다.

남편이 쉬는 날이면 아이들과 함께 자연을 찾았다. 아침에는 밭에 나가 일하고, 낮에는 계절을 즐겼다. 더운 여름에는 계곡을 찾아 물놀이와 낚시를, 선선한 가을에는 밭 주변에서 밤을 줍거나 직접 캔 고구마를 구워 먹었다. 풀 때문에 고생스럽기도 했지만 아이들의 일손이 적잖이 도움이 되었다. 첫째부터 넷째까지 둘씩 짝을 지어 마주 앉아 풀을 뽑으면 밭이 금방 깨끗해졌다.

어린 동생들에게는 흙과 풀이 놀잇감이고 밭 그 자체가 놀이터였다. 그런데 일이 많아지면서부터 큰 아이들은 점점 밭일에 시큰둥해지기 시작했다. 그즈음 남편이 아이들에게 제안했다. 고양시 주말농장에서 분양받은 밭을 다시 무상으로 분양해줄 테니 뭐든지 심어서 얻는 열매는 경작한 사람의 것이고 작물은 시가로 사주겠다는 것이었다.

남편의 의도는 소비문화에 익숙한 아이들에게 생산적인 활동을 가르쳐주는 것이었다. 돈을 번다는 소리에 당시 열한 살이던 셋째가 번쩍 손을 들었다. 셋째는 혼자 힘으로 배추를 심어서 가꾸었다. 약을 안 쳐서 벌레 먹고 홀쭉한 배추로 김장을 할 수는 없었지만 국을 끓여 먹으니 고소하고 맛있었다.

문제는 셋째가 배추 한 포기에 1만 원을 받아야겠다고 고집한 일이었다. 자기가 새벽부터 나가서 고생하고 유기농으로 키우느라 벌레까지 잡은 그 수고가 너무 대단하다는 것이다. 나는 아무리 유기농이어도 이렇게 볼품없는 배추를 이 가격에 절대 살 수 없다고 셋째에게 말했다. 그러고 나서 시중에 배추 한 포기가 얼마인지 보여주기 위해 마트에 데리고 갔다. 마트에서는 배추 한 포기에 3,000원 정도 했다. 유기농이고 정성이 많이 들어갔어도 모양이 형편없으면 상품 가치가 없다며 셋째와 포기당 1,500~2,000원으로 협상을 했다.

그다음 해에 셋째는 작물을 잘 키워보겠다고 나름 연구를 하여 오줌 액비를 만들기 시작했다. 2리터 페트병에 오줌을 받아서 숙성시키는데, 손님이 갑작스레 오실 때면 순발력을 발휘해 받아놓은 오줌을 감추곤 했다. 그렇게 오줌 액비를 만들어 작물에 뿌렸는데 정말 잘 자랐다. 자기 오줌을 먹고 컸다고 자부심이 아주 대단했다.

밭에 아욱과 고추도 심었다. 그런데 고라니가 싹을 따먹었다. 셋째는 아욱과 고추를 지키기 위해 나름 머리를 썼다. 고춧대 위에 밤송이를 달았다. 고라니가 먹으려고 수그리면 머리에 찔려서 아프게 할 의도인 것 같았다. 소리가 나서 놀라도록 빈 페트병을 꽂아두기도 했다. 슬프게도 별 효과는 없었다. 밭에 무도 심었는데, 무 농사는 아주 잘되어서 용돈을 제법 벌었다.

열심히 일하는 셋째를 보고 밭 주인아저씨가 남는 땅 3평 정도를 2만 원에 추가로 대여해주겠다고 하자, 셋째는 냉큼 그 밭을 대여했다. 무엇을 심을까 숙고한 끝에 주 고객인 가족이 좋아하고 쉽게 키울 수 있는 방울토마토로 밭을 채웠다. 식구가 많으니 방울토마토는 따는 대로 소비가 되고 밭에 다시 갈 때쯤이면 또 열려 있어서, 밭 대여료와 모종값을 빼고도 나름 남는 장사였다.

셋째는 농사를 통해 돈을 버는 일에 재미를 느끼는 모양이었다. 자기가 심고 돌보지만 정작 자기 능력이 아닌 하늘에서 햇빛과 비를 맞고 땅에서 양분을 공급받아 쑥쑥 자라니 말이다. 이렇게 몇 해 밭일을 열심히 해서 모은 돈으로 셋째는 꿈에도 그리던 가성비 좋은 드론을 장만했다.

이제 밭은 우리 가족에게 생명의 신비와 함께 땀의 가치를 배우는 배움터요, 둘도 없는 놀이터이자, 이웃과 함께 수확의 기쁨을 누리는 나눔터가 되었다.

＊＊＊＊＊＊＊＊＊＊＊＊＊＊＊＊＊＊＊

7남매의 겨울 놀이와
'초원의 집'

＊＊＊＊＊＊＊＊＊＊＊＊＊＊＊＊＊＊＊

나는 강원도 횡성에서도 버스를 타고 30분은 더 들어가야 하는 시골에서 자랐다. 눈이 오는 추운 겨울은 여름과는 또 다른 환상적인 놀이터를 제공했다. 처마 밑에 달린 고드름은 냉장고가 없던 시절에 매일 먹을 수 있는 신나는 얼음과자였고, 지붕 아래에 석순처럼 생긴 아주 작은 얼음산은 양발로 올라서서 미끄러져 내리는 스릴 있는 놀이기구였다. 함박눈이 올 때는 동네 아이들이 약속이라도 한 듯 삽자루와 쓰레받기를 들고나와 눈집을 지었다. 꽁꽁 언 논과 저수지에서는 굵은 철사나 망가진 스케이트 날을 이용해 만든 썰매를 타기도 했다. 그야말로 겨울을 기다리게 만드는 놀이들이었다.

한겨울 크리스마스에는 작은 시골 교회에서 항상 새벽송을 불러주었다. 그러면 엄마는 준비한 사탕과 초코파이를 나누어주셨는데, 어린 나는 눈을 비벼가며 그 시간을 설렘 가득한 마음으로 기다리곤 했다.

그러나 자연을 경험할 수 없는 도심 한복판에서 나는 늘 고민이었다. 눈이 내리자마자 다 쓸려버리는 아파트 단지에서 어떻게 겨울에 대한 추억을 아이들에게 남겨줄 수 있을까? 크리스마스를 기다리는 설레는 마음을 어떻게 안겨줄 수 있을까?

아직 아이가 넷일 때였다. 솜덩이 같은 함박눈이 펑펑 내리던 날, 아이들은 환호성을 질렀다. 강아지들처럼 창가에 옹기종기 모여 앉아 그저 신기하고 예쁜 눈송이들을 눈이 그칠 때까지 넋을 놓고 바라보았다. 감사하게도 우리 아파트는 한강에 나가기가 수월했다. 아무도 밟지 않은 하얀 눈 세상을 아이들에게 보여주고 싶었다. 아이들을 꽁꽁 싸매듯이 입혀 한강의 눈밭으로 데리고 나갔다.

하늘에서 막 내려온 듯한 하얀 세상은 햇빛으로 인해 반짝반짝 빛이 나기까지 했다. "우아아아아!" "이야아아아!" 탄성을 지르며 눈밭으로 달려드는 아이들은 세상을 다 얻은 듯했다. 작은 발을 옮기기 힘들 정도로 눈이 쌓여 있었지만, 손발이 시린 것을 의식할 틈도 없이 하얀 세상 위에 뒹굴고 서로에게 눈을 던지며 더없이 행복한 시간을 보냈다. 눈으로 보고만 있기에는 너무 아까운 함박눈이 올 때면 우리는 이렇게 아주 열심히 그리고 열정적으로 우리의 즐거웠던 시간의 흔적을 한강의 눈밭 위에 남겨

놓곤 했다.

크리스마스가 다가왔다. 아파트에서 새벽송은 불가능했지만 그래도 포기할 수는 없었다. 종이컵에 끼운 초를 아이마다 하나씩 들었다. 넓지도 않은 집에서 집안 곳곳을 돌며 작은 소리로 함께 성탄 노래를 부르고 서로서로 성탄을 축하하는 시간을 보냈다. 별것 아닌데도 촛불 하나에 아이들은 흥분을 감추지 못했다. 줄을 서서 촛불을 들고 집 안을 돌며 노래를 부르는 것이 우스꽝스러운지 키득키득 웃음을 참지 못하면서도 이 행사를 즐거워했다.

첫째가 열세 번째로 맞은 크리스마스에 처음으로 트리 아래에 선물을 놓았다. 사실 특별한 날마다 아이들 모두에게 선물을 주는 것은 경제적으로 부담이었다. 그래도 첫째가 어린이로서 보내는 마지막 크리스마스에는 선물을 주고 싶었다. 들키지 않으려고 어렵사리 숨겨두었다가 깜짝 선물을 했다. 아이들은 기대 이상으로 놀라고 기뻐했다. 첫째가 말하길 산타가 없는 줄 알았는데 진짜 있었단다. 그동안 자기가 착한 일을 많이 안 해서 선물을 못 받았던 거란다. 아, 이 나이까지 이런 동심이 있었을 줄이야. 이날 하루 종일 아이들의 마음은 천국에 있었다.

한동안 한겨울의 칼바람으로 집 앞 놀이터도 나가기 힘든 날들이 계속되었다. 그러나 아이들은 집 안에서 지루할 줄 모르는 즐거움을 만들어냈다. 군데군데 의자를 놓고 그것을 기둥 삼아 이불을 덮어 동굴을 만들었다. 어떤 방에는 카세트테이프에서 필름을 빼내어 의자 다리며 책상 다리, 가구 곳곳 걸만한 고리들에 거미줄처럼 줄을 쳐놓았다. 그러고는 A4 용지에 지도를 그려 여러 조각으로 찢은 뒤, 조각들을 곳곳에 숨긴 다음, 각자 배낭을 멨다. 가위바위보로 대장을 정했고, 그 대장은 문구점에서 산 손전등을 들고 보물 지도를 찾는 길에 앞장을 섰다. 배낭 안에는 아이들이 아껴놓은 간식거리들을 넣었는데, 조난을 당해 먹을 것이 초콜릿 한 조각만 남았다며 손을 벌벌 떨면서 그 한 조각을 아이들 넷이 소중하게 나누어 먹기도 했다. 손전등을 들고 들어간 이불 동굴 안에서는 괴물이라도 튀어나온 듯이 나지막한 비명을 질렀다. 거미줄은 닿으면 위험한 레이저라고 하며 한 걸음 한 걸음 아주 조심스럽게 건넜다. 그렇게 보물 지도 한 조각을 찾아낼 때마다 흥분을 감추지 못했다. 아이들의 모습은 정말로 동화 속에서 나온 탐험대처럼 보였다.

어둠이 길어진 밤에는 작은 조명을 켜고 아이들과 옹기종기 모여 앉아 책을 읽었다. 긴 겨울은 아홉 권이나 되는 『초원의 집』을 읽기에 딱 좋았다. 주인공인 로라네 집 이야기를 읽다 보면 우리가 함께 역경을 이겨내고 대초원에 집을 지은 것처럼 뿌듯해졌고, 내일이 너무 기대되어 잠을 청할 수가 없었다.

책에는 한겨울에 로라와 엘먼조가 말이 끄는 썰매를 타는 장면이 나온다. 정말 너무너무 신나는 장면이다. 아이들 모두 그 썰매를 타고 싶단다. 나는 아이들에게 눈을 감게 하고는 아이들이 타고 있는 썰매를 엄마가 아슬아슬 스릴 넘치게 모는 장면을 상상하게 했다. 그러면 아이들은 엄마가 방향을 바꾸거나 방해물을 넘을 때마다 오른쪽, 왼쪽으로 몸이 쏠리게 하거나 엉덩이를 들썩거리며 숨죽여 작은 비명을 지르면서 모험을 즐겼다.

책을 읽고 나서도 아이들은 잠들기 직전까지 상상을 멈추지 않았다. 굳이 방 한 쪽에 이불을 둘둘 말아 커다란 둥지를 만든다. 둥지 밖은 바다인데 파도가 험하게 치고 있고 빠지면 죽는단다. 어느 한 아이가 누워서 이불 바깥으로 팔이나 다리를 걸치기라도 하면 빠지면 안 된다고 끌어당기느라 난리고 바다에 빠질 것 같은 아이는 살려달라고 난리다. 그러면 나는 조용히 하고 제발 좀 자라고 부탁에 부탁을 거듭하다가 때아닌 야단을 치게 된다.

내가 자연에서 누렸던 겨울에 대한 기억을 아이들에게 고스란히 줄 수는 없었다. 하지만 도시에서 그 추웠던 겨울에 가족과 함께 엉겨 붙어 매일같이 모험과 웃음을 만들어냈던 시간들이 지금도 그리운 따뜻한 추억으로 살아 있어 감사하다.

뜬금없는 여행들,
우리는 언제든 유턴

홈스쿨링을 하면서 누린 사고의 자유로움은 하루밖에 없는 짧은 시간 안에서도 생각의 경계를 넘어서는 과감한 여행을 시도할 수 있게 해주었다.

첫째가 열 살이던 해의 추석이었다. 원주에 계시는 아이들의 친할머니가 바리바리 싸주신 명절 음식을 싣고서 막히는 길을 뚫고 여주까지 왔을 때였다. "아, 바다 보고 싶다. 우리 바다 보러 갈까?" 남편의 뜬금없는 제안에 아이들은 환호성을 질렀지만 나는 당황스러웠다. 문막도 아니고 여주인 데다, 막히는 길을 뚫고 온 노력은 또 무엇이며, 트렁크에 실린 이 음식들은 어쩔 것인가? 그중에서 가장 마음에 걸리는 것은 얼린 생선이었다. 꽁꽁 얼었으니 집까지 가는 것은 괜찮지 않겠냐며 어머니께서 아이스팩도 없이 주시는 것을 집으로 곧장 가겠다고 마다하지 않고 다 받아온 것이다.

이런 내 염려에 남편이 한마디한다. "다 어떻게든 되겠지." 그냥 집으로 가기에는 가을 하늘이 너무 맑고 햇빛이 너무 곱다. 우리는 결국 그 자리에서 유턴해 동해의 강릉으로 향했다. 바닷가에서 점심을 먹은 후 식당에서 작은 아이스박스를 하나 얻고, 근처 낚시용품점에서 얼음을 사서 생선을 보호하는 일에 성공했다.

그 후 옥계해변으로 향했다. 씻을 곳이 마땅찮아서 우리는 아이들에게 파도 근처에 가도 되나 되도록 옷을 적시지 말라고 당부했다. 그러나 그 당부는 순식간에 파도에 휩쓸려 사라져버렸다. 바다에 반해버린 아이들은 정신줄을 놓고 파도와 함께 모래사장을 들뛰며 춤을 추느라 뒷수습 같은 생각은 있을 곳이 없었다. 아이들이 이리도 행복해하는 모습을 보면서, 어디로 향할지 결정해야 했던 그 짧은 순간에 염려와 대책을 뒤로 하고 바로 유턴을 하길 잘했다는 생각이 들었다. 아이들은 그렇게 바닷가에서 한참을 신나게 놀며 생각지 못한 추억 하나를 새겼다.

이제 머리부터 발끝까지 젖은 아이들을 어찌할 것인가? 화장실에서 해결이 안 되는 문제였다. 주변에 문을 연 가게들을 일일이 방문했다. 혹시 샤워를 할 수 있는지 물어보는데 반갑게도 약간의 요금을 내면 샤워를 하게 해주겠다는 가게를 만났다. 아이들은 온몸을 다 씻고 옷도 갈아입었다. 우리는 상쾌하게 다시 서울로 올라오게 되었다.

공휴일인 어느 날이었다. 하루짜리 공휴일이라 당일로 멀리 가는 것이 부담이기도 했고 도로의 정체도 심했다. 우리는 이럴 때 거꾸로 서해를 갔다. 대부분의 경우, 정체를 경험한 적이 없는 길이기 때문이다.

을왕리 바닷가에서 한참을 놀고 있는데 남편이 갑자기 고향인 영월이 가고 싶단다. 아니, 여기서 영월이 어디라고, 나는 강하게 반대했다. 남편은 "안 될 일이 뭐야, 그냥 가면 되지" 하고 설득했다. 나는 남편을 못 이겨 그럼 영월은 말고 어머니가 계시는 원주로 가자고 타협했다.

을왕리에서 점심을 먹고 원주로 향했다. 을왕리에서 40분 거리의 집을 지나쳐 다시 반대 방향인 원주로 달렸다. 때아닌 방문에 어머니는 너무나 반가워하셨고 오전에 바다에서 즐거운 시간을 보낸 아이들은 전혀 예기치 못한 친할머니 집 방문을 매우 기뻐했다. 비록 짧은 시간 동안 저녁 식사만 함께했을 뿐이지만 가족 모두 계획에 없던 행복한 시간을 보냈다. 다음 날 아침 출근인 남편도 피곤하기는커녕 오히려 보람 있고 삶에 의욕이 생긴단다.

어느 해 1월의 토요일이었다. 오전에 서초구에 있는 한 교회에 셋째와 넷째가 성경 고사를 보러 아빠와 함께 지하철을 타고 갔다. 점심때가 한참 지나도 오지 않길래 근처 고속터미널에서 뭔가 구경하나 보다 생각했다. 그때 남편이 사진을 보내왔다. 바

닷가다. '바닷가에서 조개를 먹고 있네. 차도 안 가져갔는데, 무슨 일이 벌어진 거지?'

저녁 늦게 돌아온 아이들 눈빛에서부터 말하고 싶은 이야기보따리가 얼마나 많은지 짐작이 되었다. 들어보니 이러했다. 시험이 끝나고 고생했다고 아빠가 아이들에게 뭐가 먹고 싶으냐 물었다고 한다. 아이들은 고양시에 있는 주말농장에 다닐 때 단골이었던 할머니 국숫집에 가서 잔치국수를 먹고 싶다고 했단다. 그래서 지하철로 서초에서 원당까지 가서 한 시간 정도 그곳까지 걸어갔다는 것이다. 국수를 먹고, 다시 한 시간 정도 걸어서 집에 오는 지하철을 탔다. 그런데 집에 그냥 가기가 너무 아쉽고 바다가 보고 싶다는 공감대가 형성되어서 지하철에서 내려 다시 반대 방향으로 가는 지하철을 탔다. 인천공항까지 가서 공항을 구경한 뒤, 버스를 타고 을왕리에 갔다. 바다를 보며 놀다가 식구가 별로 없는 기회를 이용해 조개를 먹었다. 우리 대식구가 갈 때면 칼국수를 시켜도 부담이었는데 셋이서 조개를 얼마나 맛있게 먹었는지 조개 맛을 상세히 자랑하기에 여념이 없었다. 게다가 우리 가족 중에서는 처음으로 자기부상열차를 타고 공항까지 가서 지하철로 집에 다시 돌아왔다고, 큰 모험이라도 한 듯 흥분을 가라앉히지 못하고 이야기를 쏟아냈다.

용감한 유턴으로 아빠와 남매는 그렇게 아침에는 계획도, 상상도 못했던 추억의 사진을 또 하나 찍고 온 것이다. 바다 여행이 얼마나 재미있었던지 다음번에는 캠핑카를 대여해서 남해를 한 바퀴 돌아보는 여행을 해보자고 아빠가 제안했다. 아이들이 성인이 되기 전에 꼭 하고 싶다던 이 여행이 아빠의 바람대로 이루어지길 소망해본다.

＊＊＊＊＊＊＊＊＊＊＊＊＊＊＊＊＊＊＊＊

사랑하는 우리 닭,
생일 축하합니다!

＊＊＊＊＊＊＊＊＊＊＊＊＊＊＊＊＊＊＊＊

닭들이 양평 밭으로 간 지 1년을 갓 넘긴 때였다. 춥고 긴 겨울을 잘 날 수 있을까 염려했는데 염려가 무색할 정도로 닭들은 잘 지냈다.

닭장을 짓고 나서도 생쥐 한 마리 들어가지 못하도록 때마다 필요한 보수는 물론이고, 별 탈이 없는지 확인하기 위해 일주일에 두세 번 이상 발이 닿도록 양평 밭을 오갔다. 닭장을 짓는 것으로 일단락될 줄 알았는데 돌보는 일에 이리도 품이 들 줄은 전혀 예상치 못했다.

그런데 셋째는 하나도 힘들지 않단다. 그저 즐겁기만 하고, 닭을 생각만 해도 행복하다고 한다. 셋째는 닭들에게 쾌적한 환경을 만들어주기 위해 정기적으로 흙을 갈아주며 왕겨도 깔아주었다. 단백질을 보충해준다며 밭 여기저기에서 굼벵이와 여러 곤충도 잡아다 먹였다. 혹여나 쓰레기를 쪼아 먹지는 않을까 싶어 닭들을 풀어놓을 때도 세심하게 주위를 살폈다.

그러던 어느 날이었다. 밭에 차를 세우자마자 여느 때처럼 아이들은 쏜살같이 닭장으로 달려갔다. 그런데 갑자기 셋째가 동생들이 오지 못하도록 막아섰다. 암탉 한 마리가 엎드린 채 죽어 있었던 것이다. 외부 침입의 흔적이 전혀 없는데 왜 죽은 것인지 알 수가 없었다. 둘째는 차마 소리 내어 울지 못할 정도로 충격에 휩싸였고, 소식만 들은 어린 동생들도 한동안 죽은 닭에 대한 기억으로 마음을 아파했다.

죽은 닭이 암탉이라 이제 수탉 한 마리에 암탉이 두 마리다. 셋째가 닭장의 안정을 위해 아무래도 암탉을 더 사야 할 것 같다고 했다. 닭을 사려면 돈을 모아야 하는데 그러기까지는 시간이 너무 걸려서 아빠가 소유권을 주장하지 않는 조건으로 암탉을 사주기로 했다.

셋째는 수소문 끝에 취미로 많은 닭을 키우는 분을 만나 알을 잘 낳는 젊은 닭을 고르는 법을 전수받았다. 그러고는 이번에는 다른 종류의 닭을 사고 싶다며 그 닭을 파는 곳을 알아보고 사전에 직접 고르는 것까지 협의를 끝낸 후 용문으로 닭을 사러 갔다. 닭이 이렇게 아름다울 수 있을까 싶을 정도로 다양하고 예쁜 닭들이 많았다. 셋째는 그중에서 재래닭이라는 회갈색 토종닭을 골랐는데 아주 예뻤다. 그리고 알을 정말 잘 낳았다. 그렇게 우리 닭장에는 암탉 네 마리에 수탉이 한 마리, 도합 다섯 마리의 닭이 그 해 무더운 여름과 추운 겨울을 무사히 넘겼다.

2021년 추석 연휴에 닭을 부화시킨 지 딱 1년이 되는 날이 있었다. 셋째가 닭 생일 파티를 해야 한단다. "아니, 닭 생일 파티는 어떻게 하는 건데?" 내 생전에 일명 '닭 생파'는 처음 들어봤다. 셋째는 다 생각이 있다면서 귀뚜라미 200마리를 주문했다. 닭들에게 살아서 튀어 오르는 곤충을 쪼아 먹는 즐거움을 선물하고 싶다는 것이다. 참…. 그럼 귀뚜라미는 무슨 잘못이 있겠느냐마는 닭의 입장에서는 신날 수도 있겠다는 생각이 들었다. 연휴라 배송이 늦어질까 봐 며칠 당겨서 주문했더니 그 며칠 동안 귀뚜라미 수십 마리가 죽었다. 안절부절못하며 사수한 귀뚜라미를 가지고 닭의 생일에 양평으로 달려갔다.

"생일 축하합니다. 생일 축하합니다. 사랑하는 우리 닭, 생일 축하합니다." 어린 동생들이 떼창으로 노래를 부르고 박수를 치는 사이, 셋째는 닭장 안에 볏짚을 깔고 그 위에 귀뚜라미를 쏟아부은 후, 다시 볏짚을 덮어 생일 케이크처럼 귀뚜라미 케이크를 선물했다. 셋째의 예상대로 닭들은 볏짚 사이로 튀어 오르는 귀뚜라미들에게서 눈을 떼지 못했고, 그 많던 귀뚜라미는 순식간에 모두 사라져버렸다.

이윽고 크리스마스가 되었다. 셋째는 크리스마스 선물도 주어야 한단다. 선물이 뭐냐고 물으니 겨울에 먹기 힘든 싱싱한 야채란다. 크리스마스 선물로 마트에서 봄동을 사서 닭장으로 갔다.

잎을 뜯어 바닥에 놓아줄 줄 알았는데, 셋째는 마치 아빠가 아기에게 이유식을 먹이듯 한 잎, 한 잎 손에 들고 닭들에게 직접 먹여주었다.

그러고는 닭의 본격적인 겨울나기를 위해 닭장 사방을 비닐 천막으로 씌워주었다. 열선을 사서 닭의 물통에 연결해 한겨울에도 물 한번 얼지 않게 해주었다. 또 20리터들이의 물통을 매번 집으로 가져와 정수기 물을 떠 갔다. 그냥 수돗물을 먹이라고 해도 꽤 긴 시간 정수기 물을 받아 그 무거운 물통을 양평 밭까지 실어 날랐다. 연초에 받은 세뱃돈으로는 그동안 사줄 수 없었던 다양한 종류의 사료를 사서 저울에 달아 나름 최적의 배합 사료를 만들어 먹였다.

이렇게 정성을 다해 키워서 그런가? '닭대가리'라는 말이 왜 생겼는지 의아할 정도로 닭들은 셋째를 알아보고 따른다. 내가 본 셋째의 닭들은 눈을 마주치고 있으면 대화가 될 듯이 영리해 보인다.

닭이 어느 정도로 좋으냐고 물으니, 공부할 때 지우개 가루는 닭 모이로, 연필심은 닭 부리로 보일 정도로 좋다고 한다.

나는 사실 밭에 닭장을 놓는 순간부터 자주 올 수도 없는 겨울을 어떻게 보낼지 걱정이 되었다. 하지만 힘들고 무거우리라 생각했던 닭에 대한 책임감이 셋째에게는 짐이 아니라 항상 설레고 생각만 해도 기쁘고 즐거운 행복이었다는 것이 나는 지금도 그저 신기할 뿐이다.

닭들은 추운 겨울을 따뜻한 사랑 속에서 보내며 튼실하게 컸
다. 사랑의 책임과 기쁨으로 닭을 돌보며 겨울을 보낸 셋째 역시
아빠의 키를 넘어서도록 훌쩍 컸다.

7남매를 한강으로 불러낸
봄

봄이 돌아왔다. 추위로 움츠러드는 겨울을 밀어내고 나온 봄. 기다리다 보면 늘 오는 봄이지만, 봄은 올 때마다 새로운 설렘, 소망, 기쁨을 선물한다. 마치 기다림에 대한 값이라도 지불하는 듯하다. 봄이 가져온 따스한 햇살과 은은한 바람을 타고 오는 꽃향기와 땅과 나무들에 다시 입혀준 다채롭고 아름다운 색깔들은 아이들에게 세상으로 나갈 즐거움과 기대를 주기에 충분하다.

겨우내 아파트 마당에 세워 놓았던 자전거에 먼지도 닦고 바람 빠진 바퀴에 공기도 채워 넣는다. 창고에 보관한 인라인스케이트도 다시 꺼내서 신발장에 넣어둔다. 언제고 펼칠 수 있는 작은 돗자리도 손이 닿기 쉬운 곳으로 자리를 옮긴다.

오래전, 당시 막내였던 넷째를 유모차에 태우고 세 명의 아이들은 각자 자기가 탈 자전거와 인라인스케이트를 챙겨서 한강으로 나섰다. 아직은 겨울 티를 못 벗은 찬바람이 불어도 아이들은 봄이라는 이름 하나만으로 이미 충분히 따뜻한 듯했다.

늘 그렇듯이 한낮에 나간 한강에 아이들이라고는 우리 가정뿐이었다. 이 넓은 공원이 우리 집처럼 여겨지는 때였다. 살짝 경사진 곳에서 자전거와 인라인스케이트를 타고 내려올 때는 놀이공원에서 놀이기구를 타는 것처럼 스릴이 있었다.

자전거와 인라인스케이트를 탈 만큼 타면 강가에서 물고기를 잡았다. 겨울을 이기느라 힘을 다 쓴 듯해 보이는 가늘고 긴 풀을 하나씩 구해 강물에 던졌다. 정말로 물고기가 잡히는 줄 아는 것 같았다. 한참을 기다려도 물고기가 잡히지 않으니 항상 실망했다. 그러면서도 강가를 산책할 때마다 물고기 잡는 일을 포기하지 않았다.

잡히지 않는 물고기에 대한 미련을 버리고 누군가 다른 놀거리를 찾아 나섰다. 시멘트로 포장된 산책로 위에서 흙 한 줌을 가지고 놀기 시작하면 다른 아이들도 모여들어 몇 줌 안 되는 흙으로 온갖 상상력을 발휘하며 앉은 자리에서 한 시간을 놀기도 했다.

가끔은 과자도 한강에서 바람을 맞으며 먹어야 제맛이라고 별것 아닌 과자를 폼 나게 먹기 위해 돗자리를 챙겨 한강까지 나가기도 했다. 토끼풀로 강변이 뒤덮일 시기에는 토끼보다 더 신나게 풀밭을 뛰었다 앉았다 했다. 내 눈에는 그 풀이 그 풀이건만, 아이들은 조금이라도 더 예쁘게 생긴 풀을 찾아다 풀다발을 만들며 반나절을 보내기도 했다.

지금 돌아보면 아이들의 어린 시절을 교실이라는 제한된 공간에 두지 않길 잘했다고 여겨진다. 하지만 솔직히 그 시절에는 가끔씩 '이렇게 놀기만 해도 되나?' 하는 불안감이 갑자기 밀려올 때도 있었다.

아파트 마당에서 삼삼오오 학교에 가는 아이들 소리가 들려오던 어느 날, 나는 그 불안감에 한창 자고 있던 아이들을 모두 깨워 식탁 앞에 앉혔다. 그러고는 뜬금없이 말했다. "이렇게 늦잠을 자면 안 돼. 학교에 다니는 아이들은 벌써 1교시가 시작됐어." 그러자 아직 잠이 덜 깬 눈을 비비며 열 살 먹은 첫째가 나에게 물었다. "엄마, 그런데 1교시가 뭐예요?" 순간, 다시 정신이 돌아왔다. '홈스쿨이 학교를 집에서 흉내 내는 것이 아니지.'

우리가 게으르지 말아야 할 이유들에 대해서, 오늘이라는 시간을 가치 있게 살아야 할 이유들에 대해서 또다시 아이들 눈높이로 이야기를 나누었다. 사실 나는 그 나이에 인생에 주어진 시간과 기회의 소중함을 알 것이라는 기대는 하지 않았다. 그러나 아이들은 자기에게 주어진 시간의 자유 속에서 자기가 언제 무엇을 하고 싶은지, 그 기회를 찾고 얻은 것을 어떻게 소중히 여겨야 하는지를 알게 됐다. 자유 시간이라는 무대 위에서 아이들은 어느 곳에서든지 껍데기처럼 있지 않고 주인공이 되어 사는 법을 배우게 됐다.

봄이 오는 소리에 그저 들뜬 마음으로 밖으로 나가 놀 채비를 하던 첫째가 2022년 봄, 태어나서 처음으로 학교라는 곳을 가게 됐다. 홈스쿨링이 자기를 발견하게 해주었다며 꿈을 위해 대학에 진학한 것이다. 엄청난 기대와 설렘으로 학교에 간 첫째가 가장 먼저 놀란 것은 전공에 관심이 없는 친구들이 왔다는 사실이었다. 그 전해에 입시학원에 처음 갔을 때도 가장 크게 놀란 사실이 부모님이 재수학원에 보내서 어쩔 수 없이 온 학생들이 있다는 것이었다.

첫째는 자기가 원하던 공부를 할 수 있어 늘 신이 났다. 발표를 꺼리는 친구들 사이에서 많은 조별 과제 발표를 도맡아 하고 즐거운 열심으로 학교를 다녔다. 외향적인 성격 탓도 있지만 생전 처음 해보는 조별 과제며 학교에서 하는 공부들이 다 새롭고 흥미로운 듯이 보였다. 교수님이 내주시는 조별 프로젝트에 필요한 준비물은 필수 항목이 아닌, 있으면 좋을 것이라고 말한 것까지 한 보따리 챙겨가서 준비 점수를 든든히 받기도 했다.

유아교육 전공 친구들 중 첫째처럼 어린 동생들을 둔 친구들이 거의 없다 보니 만 나이로 세 살, 다섯 살, 일곱 살의 동생을 둔 첫째를 신기해하며 유아기 아이들의 특징에 대해 가끔씩 물어보기도 한단다. 또 학교에서 배웠거나 과제로 만든 수업 내용을 집에 와서 동생들에게 실습하기도 했다. 언니표 만들기 놀이의 실습 대상이 된 동생들은 학교에 간 언니 덕에 즐거운 한때를 누리기도 하고 언니가 학교에서 만들어 온 예쁜 장난감들에 신이 나기도 했다.

그리 마음을 졸이지 않아도, 불안해하지 않아도, 아이들은 자기에게 주어진 시간과 장소 속에서 자기를 발견하고 만들어가며 잘 크는 것을. 아이들이 웃고 즐기며 기뻐하던 그 웃음을 따라 나도 그렇게 같이 웃기만 할걸, 후회가 밀려올 때도 있다.

그러나 나에겐 또 어린 자녀들이 있고, 다시 봄이 찾아왔다. 그래서 이 봄에는 아이들이 웃는 그 웃음을 따라 나도 활짝, 그리고 실컷 웃기만 할 것이다. 봄을 만끽하러 나가야지. 가지가지 꽃도 보고, 강바람도 마음껏 들이켜고, 밭에 감자도 심고, 싹이 나는 경이로움도 함께 느끼며 봄을 누려야지.

✳✳✳✳✳✳✳✳✳✳✳✳✳✳✳✳✳✳✳✳✳

텃밭이 선물해준
풍성한 삶의 풍경

✳✳✳✳✳✳✳✳✳✳✳✳✳✳✳✳✳✳✳✳✳

아파트에서 맞는 하루는 바쁘다. 1층 거실 창으로 내다보면 총총걸음으로 이런 가방, 저런 가방을 들고 바쁘게 지나가는 사람들, 하루에도 몇 번씩 다녀가는 택배 차, 관리사무소의 안내 방송, 경비원의 부지런한 비질 소리, 떨어지기 무섭게 연신 쓸려 나가는 낙엽들이 보인다.

익숙해져 있는 이런 도시 환경을 벗어나 텃밭에서 만난 것 중, 우리 가족에게 가장 큰 변화의 문을 열어준 것은 바로 모닥불이다. 모닥불을 피워놓고 앉아 있노라면 말없이 한두 시간이 훌쩍 흘러간다. 그러다 보면 어느 순간 무장해제된 말들이 툭툭 튀어나온다. 그렇게 모닥불 앞에서 우리는 아이들과 많은 대화를 나누었다. 셋째는 아빠와 함께 마른나무를 잘도 구해왔고 기술적으로 불도 잘 지폈다. 가끔 불이 붙은 재가 날아와 옷에 구멍이 날 때도 있었다. 그래도 모닥불 속에서 타고 있는 숯 조각들은 어른어른 붉게 빛나는 아름다운 보석 같았다.

밭에 온 손님들도 모닥불 앞에만 둘러앉으면 시간이 멈춘 것처럼 속 깊은 이야기들을 하다 흘러간 시간에 놀라 부랴부랴 바쁘게 인사하며 헤어지곤 했다. 모닥불은 느슨한 시간과 깊은 속마음, 그리고 다정한 눈 맞춤으로 침묵 속에서도 사람들과 편안하게 있는 법을 가르쳐주었다. 감자와 고구마를 캔 날은 아이들이 모닥불 속에 감자와 고구마를 넣어 구워 먹는 재미가 있었다. 이야기 반찬 삼아 심심치 않게 까먹으면 이보다 즐거울 수가 없었다.

연로하신 부모님이 그래도 일을 해야 건강하다며 원주에서 기차를 타고 양평 밭에 자주 다녀가신다. 밭이 없을 때는 1년 중 명절과 생신에만 뵈었는데 밭이 생긴 이후로는 아이들과 자주 만나게 되었다. 하나뿐인 나의 언니 역시 같은 서울에 살아도 명절에 부모님 집에서나 겨우 만났는데, 부모님이 양평 밭에 계실 때면 언니와 함께 자전거를 좋아하는 형부가 운동 삼아 밭에 자주 오게 됐다. 그 바람에 아이들은 이모부가 퀴즈를 잘 내고 탈춤도 잘 추고 재미있는 분이라는 것을 알게 되었다. 무섭다고 소문난 이모가 친절한 이모라는 것도 알게 되었다. 이렇게 밭은 우리에게 전에 없던 만남의 장소가 되었다.

할아버지가 얼마나 꽃을 좋아하고 잘 가꾸는지, 아이들은 그

놀라운 솜씨도 밭에서 보게 되었다. 할아버지는 꽃과 작물 들이 어우러지게 밭을 가꾸어주셨다. 부용, 장미, 연산홍, 백합, 촉규화, 양귀비, 국화, 채송화, 백일홍, 낮달맞이꽃, 원추리, 붓꽃, 금송화, 맨드라미, 코스모스, 무궁화뿐 아니라, 감자, 고구마, 대파, 양파, 부추, 호박, 오이, 가지, 고추, 열무, 아욱, 쑥갓, 상추, 당근, 배추, 무, 갓, 방울토마토, 마늘, 명이나물, 비름나물, 참나물, 취나물, 달래까지, 수십 가지 꽃과 작물을 아이들과 함께 계절을 따라 심고 가꾸어주셨다.

올해는 봉선화도 많이 피었다. 홈스쿨링을 하는 친구들과 손톱을 봉선화로 물들였다. 수줍은 주황색 봉선화로 물들인 게 아까워서 아이들이 손톱 깎는 것을 속상해할 정도였다. 지금은 봉선화 흔적이 다 사라졌지만 내년 여름에 필 꽃을 기대하며 섭섭함을 달랜다.

그렇다고 텃밭에서만 시간을 보내지는 않는다. 한여름 장마철이 막 지나면 텃밭 근처 깨끗한 물이 있는 계곡은 어디에서도 경험할 수 없는 훌륭한 모험놀이터가 된다. 홈스쿨링 친구들과 함께 계곡을 여러 번 탐험했다. 물을 무서워하던 아이들도, 물살을 거스를 용기가 없던 아이들도, 이 탐험을 마칠 때쯤이면 자신감과 용기가 생긴다.

이밖에도 텃밭은 우리에게 다양한 공간을 제공한다. 미용 기술이 있는 홈스쿨링 공동체의 엄마 덕분에 나와 일곱째와 일곱째의 친구는 계곡 탐험을 마치고 텃밭으로 돌아와서 파마도 했

다. 파마를 한 지 벌써 다섯 달이 지났는데도 아직 예쁘다. 김장
철에 김장을 하기도 좋다. 친정 식구들과 함께 보통 120포기 이
상의 김장을 한다. 밭에서 거둔 김장 재료들로 풍성한 김장김치
를 담가 여기저기 나눠 주고도 세 집 김치냉장고가 가득 찬다.
그래서 한번은 텃밭 땅을 파서 김칫독을 묻었다. 이듬해 봄에 꺼
내 먹었더니 아이들이 이처럼 맛있는 김치는 처음 먹어본단다.
시원하고 새콤한 맛은 냉장고에서는 흉내 낼 수 없는 맛이었다.

도시에 둘 수 없는 장독대도 텃밭에는 둘 수 있다. 메주콩을
사다 만든 메주로 된장이 아닌 막장을 만들어 밭에 있는 장독대
에 넣었다. 햇빛을 잘 받아 짙은 갈색으로 꾸덕꾸덕해지는 장이
할머니는 그렇게 예쁘다고 하신다.

텃밭에서 우리는 조부모님의 무한한 능력도 목격한다. 재주
가 좋은 할아버지는 뚝딱 만들기를 잘하신다. 아이들 아빠가 어
딘가에서 구해온 작은 절구를 보시고는 계곡 주변에서 절구 찧
는 나무를 구해 아주 훌륭하게 다듬어 놓으셨다. 덕분에 우리는
찹쌀과 콩가루를 사다 즉석에서 인절미를 만들어 먹었다. 할머
니 손도 재주가 만만치 않다. 무에서 유를 창조하는 것처럼, 장
을 본 것도 없는데 밥을 한 상 차려 놓으신다. 나는 이름도 모르
는 다양한 나물들로 반찬을 만드신다. 닭장에 달걀까지 있으니
단백질도 해결된다. 고구마줄기볶음, 호박볶음, 오이무침, 미나
리무침, 배추장국, 달걀부추말이…. 밭에만 나가면 밥상이 금세
풍성해진다.

어디 이쁜인가. 간식도 많다. 길가 앵두나무의 앵두는 따는 사람이 없어 다 우리 차지다. 뽕나무의 오디도 실컷 먹는다. 밤나무에서 계곡가로 떨어진 알밤들도 숱하게 많다. 이런저런 먹을 것들이 있으면 다섯째는 꼭 텃밭 옆에 사는 강아지 재롱이네 할머니 할아버지께 가져다드린다.

이곳 텃밭에 처음 왔을 때, 재롱이네 할머니는 우리 아이들을 보고 친구가 생겼다고 아주 좋아하셨다. 할머니네 집에 들어가는 길에 해바라기를 심으셨다. 그런데 해바라기가 해가 있는 방향인 할머니네 집을 향해야 하는데 해를 등지고 우리 밭을 쳐다보고 있는 것이 아닌가. 할머니가 웃으시면서 해바라기를 보고 한 말씀하신다. "아니, 얘들은 왜 이 집만 봐!" 해바라기도 아이들이 예쁜가 보다.

밭에는 아이들이 보고 싶어 하는 친구들도 있다. 가장 좋아하는 친구는 재롱이다. 이름은 재롱이지만 실은 나이가 할머니다. 그런데 놀랍게도 할머니 나이 재롱이가 몇 해 전에 새끼 네 마리를 낳았다. 우리는 어린 딸들이 썼던 폭신한 신생아 겉싸개를 재롱이에게 선물로 주었다. 재롱이가 노산을 해서인지 영 기운이 없다. 아이들과 문호리에 나가서 생전 처음으로 강아지 음식을 샀다. 강아지가 새끼를 낳았다고 입맛 도는 맛난 걸 달라고 하니 사장님이 정성껏 골라주셨다.

아이들은 재롱이네 강아지들 때문에 그저 신이 났고 텃밭에 가서 재롱이 새끼들을 보는 날만 매일같이 기다렸다. 그런데 사고로 세 마리를 잃고 마지막 한 마리를 앞동네 혼자 사시는 할아버지 집에 친구로 보냈다. 이 강아지 이름은 새까매서 깜순이다. 깜순이는 목줄을 풀어놓으면 영락없이 재롱이 집으로 한달음에 달려온다. 밭에 올 때면 다섯째가 깜순이를 기다린다. 반갑고 좋아서 정신없이 빙빙 도는 깜순이를 따라 다섯째도 깡충깡충 잘도 뛴다. 그러다 보면 깜순이의 새 주인 할아버지가 의심없이 깜순이를 찾으러 오신다.

재롱이와 깜순이 말고도 궁금하고 보고 싶은 친구가 또 있다. 셋째가 부화시켜서 병아리 시절부터 키운 닭들이다. 관상용으로 순한 종자이긴 하지만 겁이 없는 일곱째는 이 닭들을 인형처럼 안고 다닌다. 닭을 안고 소꿉놀이도 한다. 그러면 신기하게도 닭이 똥도 안 싸고 가만히 안겨 있는다. 어느 날 쥐를 잡으려 놓은 끈끈이에 산책 나온 닭의 발이 붙어버렸다. 놀란 닭이 파닥거리니 이제는 날개까지 붙어버렸다. 손재주가 좋은 할아버지가 아주 섬세한 손길로 옴짝달싹 못 하는 닭의 깃털을 끈끈이에서 떼어내 해방시켜주셨다. 그 후로 다섯째, 여섯째, 일곱째는 밭에 갈 때마다 사고당한 닭의 근황을 살피고 닭이 산책을 나올 때면 혹시 다른 사고를 당하지는 않을까 주의 깊게 닭을 따라다닌다.

할머니, 할아버지와 함께 가족이 흘리는 땀방울, 풍성한 수확, 만개하는 꽃들, 정을 나누는 사람들, 텃밭에서만 만날 수 있는 동물 친구들. 작은 텃밭은 아이들에게 정말 좋은 학교가 되어주었고, 우리의 일상에 풍성한 추억을 선물해주었다.

2부

–

서로에게서
배우는 아이들

아이도 부모도 아프면서 자란다

홈스쿨링이라는 이름으로 아이들을 집에서 가르치고자 결심했을 때 궁금했던 점이 있었다. 다양한 연령대의 아이들을 어떻게 한꺼번에 가르치느냐와 돌발 상황이 생길 때는 어떻게 스케줄을 관리하느냐였다. 이것에 관한 책을 읽고 나서 나는 의욕을 갖고 아이별로 멋진 계획표와 일과표를 만들었다. 그러나 얼마 지나지 않아 이 공들인 타임테이블이 현실성 없는 종이 쪼가리에 불과하다는 것을 깨달았다. 일상에서 돌발 상황이 반갑지 않은 손님처럼 수시로 찾아왔기 때문이다.

그중 가장 달갑지 않은 일은 아이들이 아픈 것이다. 언제 어떻게 아플지 예측할 수가 없고, 유행병일 경우 한 아이가 걸리면 나머지 아이들도 한 바퀴 훑고 지나가기 때문이다. 독감이 유행

할 때면 영락없이 모든 아이가 팀워크를 자랑하듯이 줄줄이 바통을 이어받는다.

아이가 아직은 넷이었던 어느 날, 수족구병이 찾아왔다. 아픈 것은 뒤로하고 아이들은 이 손님을 아주 좋아한다. 입이 너무 화끈거리고 아프다고 해서 일어나자마자 아이스크림을 주었기 때문이다. 수족구병은 전염력이 강해서 2주간 외부와 격리해야 한단다. 그런데 아이들은 식탁에 앉아 수족구병에 대한 칭찬으로 웃음꽃이 한가득이다. 걸려본 병 중에 가장 좋은 병이란다. 졸라도 잘 안 사주는 아이스크림을 눈뜨자마자 시작해서 하루에도 몇 번을 먹으니 말이다.

2주간 우리는 사람들이 한강공원에 나오지 않는 시간을 틈타 나름 즐거운 시간을 보냈다. 사람들이 없는 모래사장에서, 오랜만에 닭장 밖으로 나와 시원하게 흙 목욕을 하는 닭처럼 모래를 파고 뒤집어쓰며 흙 놀이를 실컷 했다. 형제가 많으니 격리된 시간도 심심할 틈이 없다. 그렇게 수족구병도 지나갔다.

아픈 것은 어쩔 수 없다 치지만 부주의로 여기저기 다쳐서 급하게 병원을 찾는 일도 비일비재하다. 운동하다 다치고, 놀다가 다치고, 하다못해 가만히 양치질하다가 목을 잘못 돌려서 목뼈가 탈골된 적도 있다.

아이들이 아프면 일상의 평화가 깨어지는 것처럼 느껴진다. 하지만 아프고 나면 면역력이 생기는 것처럼 어딘가 모르게 자라 있다. 그때가 엄마 아빠의 관심과 사랑을 가장 많이 먹고 크는 시간이기 때문인 것 같다. 그래서 나는 지금 이 어린 꼬마들이 아플 때면 기회는 이때다, 하고 많이 안아주고 업어준다. 아파서 특별 대우를 하는 것인 줄 다른 아이들도 잘 알기에 누구만 계속 안아주고 업어준다는 불평이 없다. 그러면서 때론 자기들도 아프기를 바라기도 한다.

다섯째가 신생아중환자실에 있었을 때였다. 아직 몸도 풀기 전인 엄마들이 젖을 짜서 면회 시간에 문이 열리기를 기다리는 그 긴 줄에 나도 서 있었다. '오늘은 아기가 얼마나 나아졌을까?' 아기의 건강을 간절히 바라는 엄마의 마음은 말이 없어도 그 애타는 눈빛을 타고 서로에게 전해진다.

아이가 일곱이니 얼마나 많이 아이를 둘러업고 한밤중에 응급실로 향했는지 모른다. 그 시간을 통해 애초에 자기밖에 몰랐던 우리 부부는 사랑과 희생, 헌신이라는 것을 배우며 부모로서 성장해왔고 다른 사람의 고통에 공감하는 것도 배웠다.

홈스쿨링을 시작할 때 중요하게 여겼던 '계획표'는 나에게 늘 짝사랑처럼 이룰 수 없는 대상이었다. 그래도 우리는 이 모든 아픈 과정을 통해 인생을 대하는 태도를 배우게 되었다. 예기치 않은 사건들과 다양한 아픔을 견뎌야 했던 시간들을 통해 아픔을 대면하고 극복하는 자세뿐 아니라, 다른 가족의 아픔을 위로하고 함께하며 그것을 이겨내도록 에너지를 주는 삶의 미덕을 덤으로 배울 수 있었다. 세월이 지나 보니 일상을 흔드는 돌발 상황은 반갑지 않은 불청객이 아니라 귀한 손님이었다.

언제나 전 재산을
선물하는 아이들

아이들이 열 살 이전에 매일같이 하는 일과 중 하나가 엄마를 그리는 것이었다. 그림 옆에는 항상 '엄마 사랑해요, 고마워요'가 쓰여 있었다. 이렇게 이면지와 색종이에 그린 엄마는 늘 왕관을 쓰고 있었다. 이것이 내가 받은 선물의 시작이었다.

첫째가 열 살이 넘어가던 어버이날부터 아이들이 문구점에서 선물을 사 오기 시작했다. 주로 1천 원이 조금 넘는 것들로, 은행이나 사무실에서 볼 수 있는 줄이 달린 볼펜이나 수첩 등 아이들 눈높이에서 고른 선물들이었다.

첫째가 열네 살 되던 해였다. 그림 선물 한번 준 적 없던 아홉 살짜리 셋째가 누나들이 선물 사는 것을 보고는 그동안 모아왔던 큰돈을 가지고서 내 생일에 선물을 사러 같이 가자고 했다.

나는 너무 대견해서 함께 문구점으로 갔다. 그런데 나에게 선물을 강요한다. 평소에 자기가 사고 싶었던 장난감을 사라는 것이다. 어이가 없기도 했으나 한편 귀엽기도 했다. 그래서 나는 어쩌나 보려고 굳이 내가 원하는 가방을 골랐다. 그랬더니 자기가 사라고 한 장난감이 얼마나 가치 있는지, 그리고 내가 고른 가방이 얼마나 볼품없는지 설명하며 나를 설득하고자 했다. 나는 내 생일이니 내가 원하는 것을 사겠다고 굳이 셋째가 가지고 있던 5천 원에 내 돈 5천 원을 더해서 1만 원짜리 가방을 샀다. 집에 와서도 셋째는 내 결정이 좋은 결정이 아니었다고 설득하며 환불을 종용했다. 이 과정이 너무 웃겨서 보이지 않게 웃음을 참느라 힘들었다.

그해 어버이날이었다. 카네이션을 만들어 붙인 예쁜 봉투에 약 7만 원가량의 1만 원권, 1천 원권, 문화상품권, 도서상품권이 들어 있었다. 아이들은 자기들이 가지고 있는 전 재산을 모은 것이라고 했다. 돈으로 사용할 수 있는 것들은 다 끌어모은 듯 보였다. 고이 접혔다 펴진 쪼글쪼글한 돈들이 너무 눈물겨워서 쉬이 쓸 수가 없었다.

어느 해 결혼기념일이었다. 첫째가 긴 의자에 다정히 앉아 석양을 바라보는 엄마와 아빠를 그렸고, 아이들이 종이로 결혼반지를 만들었다. 금은 색종이로 반지와 상자를 실물처럼 그럴 듯하게 만들었다. 잘도 싸우는 엄마 아빠를 이리 다정하게 그려주다니. 여기에 쌈짓돈까지 털어서 주며 자기들은 잘 놀고 있을 테니 엄마 아빠는 카페에서 커피도 마시고 엄마가 좋아하는 초코 케이크도 사 먹으란다. 엄마 아빠의 결혼기념일을 진심으로 축하하고 기뻐하는 아이들의 선물에 부모인 우리가 격려와 위로를 받고 힘들어도 인생을 살아갈 기쁨과 용기를 얻게 되었다.

첫째가 열일곱 살이 되던 해의 어버이날이다. 감사의 편지와 함께 종이 카네이션이 달린 예쁜 봉투에 20만 원이 들어 있었다. 차비 외에는 용돈도 안 주는데 이 돈이 어찌 된 것이냐 물으니, 설날 세뱃돈을 받자마자 넷째까지 5만 원씩 모았다는 것이다. 친척이 많지 않아 세뱃돈도 10만 원이 안 되고, 셋째와 넷째에게는 전부나 다름없는 돈이었다. 그런데 그 설날에 어떻게 어버이날을 생각하고 돈을 떼어 놨을까? 사실 돈보다도 그 마음이 너무 고마웠다.

첫째가 열아홉 살이 되던 해의 어버이날에는 아침부터 아무 일이 없었다. 어버이날이라고 생색내기도 그렇고 '부모가 대가를 바라고 아이를 키우는 게 아니지' 하고 나름 위로하면서 어버이날임을 잊어버리고 있었다. 저녁이 되어 첫째가 집에 들어오자마자, 아이들이 갑자기 나와 남편 주위로 몰려왔다. 감사의 편지와 함께 또 카네이션을 붙인 예쁜 봉투를 내밀었다. 큰 기대 없이 열어보았는데 50만 원이 들어 있었다. 아이들이 돈이 없는 건 내가 잘 아는데 이 돈이 어떻게 생긴 건지 고맙고 놀라우면서도 의아했다.

사연은 이랬다. 설날에 이제는 컸다고 예전보다 세뱃돈을 많이 주셔서 그 돈을 밑천으로 어버이날까지 최선을 다하면 50만 원을 모을 수 있겠다고 생각했단다. 그러다 중간에 돈이 없어서 첫째가 둘째에게 너무 벅차니 45만 원으로 줄이면 어떻겠냐고 제안했다. 둘째가 목표는 이루라고 있는 것이라며 일언지하에 거절했고, 첫째는 온종일 학원에서 음료수 하나 사 먹지 못하고 군것질할 돈을 다 쏟아 넣었단다. 이렇게 첫째, 둘째, 넷째 셋이서 전부를 다 털어 만들었다고 한다. 눈물이 났다. 아니, 어떻게 설날 세뱃돈을 받으면서 그걸 다 주는 것도 모자라, 거기에 더해서 최선을 다해 더 줄 생각을 했을까? 설날, 어버이날을 생각하기에는 먼 일인데 부모인 우리를 그렇게 생각해준 것이 너무나 고마웠다.

그런데 셋째가 멋쩍게 누나들 틈에 서 있다. 큰 아이들이 "너는 아니잖아" 하면서 옆으로 비키란다. 셋째는 수줍게 웃으면서 그래도 어떻게든 그 행렬에 끼어보려고 장난스레 엉거주춤 서 있다. 닭에게 전 재산을 투자한 줄 알기에 셋째의 그 행동이 이번에도 귀엽게 여겨졌다.

아이들이 준 이 큰 선물을 어디에 써야 할까? 안 쓸 수도 없고 쓸 수도 없고 정말 큰 고민이 시작되었다. 남편의 권유로 많이 나빠진 내 눈에 전부를 투자했다. 생각지도 못했던 다초점렌즈 안경을 맞추고, 시력이 맞지 않아 쓰지 못했던 선글라스 렌즈를 바꾸었다. 아이들 덕에 눈이 밝아졌다.

둘째는 노트북을 사겠다고 돈을 모으던 중이었는데 어떻게 그런 생각을 했을까? 나도 남편도 아이들에게 전부를 주어왔다. 그건 사랑이었고, 사랑할 수 있어서 감사했고, 그래서 인생이 보람 있고 행복했다. 그런데 그런 사랑을 우리가 받다니. 그 사랑을 알아주고, 우리에게 사랑을 주면서 보름달 같은 웃음으로 한없이 기뻐하는 아이들이 그저 고마웠다.

재주꾼 7남매,
언니는 미용사

아이가 많은 우리 부부에게 사람들이 자주 묻는 질문 중 하나는 물가도 비싼데 아빠 혼자 벌어서 어떻게 사냐는 것이다. 이 질문에는 궁금함보다도 걱정이 더 묻어난다.

식구가 많은 우리 집은 실제로 사소한 일까지 다 목돈이 들곤 한다. 그러나 전부 돈으로만 해결하는 것은 아니다. 아이들이 많은 만큼, 아이들이 가진 다양한 색깔의 재주가 돈이 필요한 부분이나 부모가 잘하지 못하는 부분까지 채워준다. 그리고 그 과정을 통해 서로가 가족 구성원으로 성숙해가고 가족공동체라는 풍성한 행복을 누리기도 한다.

식구가 많다 보니 미용실에서 커트만 해도 큰 부담이다. 우리 집에 정말 필요한 기술이 미용 기술인데, 내가 배우러 다닐 시간을 만들 수가 없었다. 집 근처 청소년수련관에서 성인들을 대상으로 미용 수업이 개설되었는데 열네 살이었던 첫째에게 거기서 미용을 배워보겠냐고 제안했더니 흔쾌히 하겠다고 했다. 나는 첫째에게 가족의 머리를 손질해줄 때마다 대가를 지불하기로 약속했다.

첫째는 1년 가까이, 가끔 둘째도 데리고 다니며 미용 기술을 배웠다. 홈스쿨링을 하며 평소 어른들과 많은 시간을 보내서 그런지 아주머니들 이야기를 듣는 것도, 가발을 만지는 것도 재미있다며 즐겁게 배웠다.

선생님의 폭풍 같은 칭찬에 힘입어 배운 지 몇 달 만에 첫 번째 고객으로 아빠의 머리카락에 가위를 댔다. 어린 동생들은 물론이고 모든 식구가 첫째의 가위질이 신기한 듯 넋을 놓고 쳐다보았다. "여기 패였네." "어, 이쪽이 더 짧아." 한 마디, 두 마디가 보태지다가 점점 짧아지는 머리카락을 보고 한바탕 웃음이 터졌다. 더 이상 손을 대면 정말 밀어야 할지도 모를 지경이었다. 이제는 가위를 내려놓는 것이 최선임을 알았을 때 우리는 또 한바탕 웃어 재꼈다. 개그 프로그램의 '영구'까지는 아니지만 요리조리 뭔가 파먹은 것 같은 머리를 보고, 정작 당사자인 아빠는 만족스럽다면서 첫째에게 칭찬을 아끼지 않았다. 나는 미용실에서 손을 좀 볼 것을 권했으나 아빠는 정말 흡족해하며 지하철을 타고 인구 이동이 많은 코엑스로 출근을 했다.

나는 솔직히, 어른들 틈에서 미용을 배워 가족의 머리를 손질

한 첫째도 대견했지만, 아이를 믿고 머리를 맡기고 또 그대로 출근한 아빠가 더 대단해 보였다. 아이가 최초로 잘라준 머리에 대한 아빠의 이런 충만한 자부심이 아이의 가위질에 고스란히 전해졌다. 사람들의 시선을 아랑곳하지 않는 아빠의 첫째에 대한 사랑과 자부심으로 첫째의 마음은 이미 미용사가 되었다. 머뭇거림과 두려움 없이 모든 식구의 머리를 과감하게 자르기 시작한 것이다. 첫째의 자신감에 압도된 우리는 전혀 동요 없이 첫째의 손에 머리를 맡겼다.

머리를 자르는 날은 한바탕 웃음 잔치가 나는 날이다. 첫째의 가위질로 헬멧을 쓴 것처럼 되어버린 내 머리를 보고 또 한바탕 웃음이 터졌다. 식구들의 믿음 속에 첫째의 가위질은 점점 발전해갔고, 이제는 남들에게도 칭찬을 듣는 수준급이 되었다. 할아버지도 놀러 오실 때마다 머리를 맡기시곤 했다. 이발사에게 줄 돈을 아껴 손녀딸에게 넉넉한 미용비를 지불하시고 손녀딸의 가위질을 무척이나 대견해하시며 행복해하셨다.

요즘 첫째의 방은 미용실이다. 가족이 외출할 때면 셋째부터 막내까지 첫째의 방 앞에서 자기 순서가 되기를 기다린다. 첫째와 둘째의 손이 드라이어와 고데기 등 각종 도구를 통해 동생들의 머리를 예쁘고 화려하게 만든다. 동생들의 옷 코디도 큰 아이들의 몫이다. 이런 아이들 덕에 정작 칭찬은 내가 듣는다. "어쩌면 엄마가 이리도 부지런하냐." "엄마가 정말 대단하다." 젊어서는 듣지 못했던 칭찬이다. 첫째와 둘째가 이제야 이야기를 한다. 어렸을 때 머리를 예쁘게 하고 다니는 아이들을 보면 무척이나 부러웠다고. 그래서 동생들도 같은 마음일 것 같아 동생들 머리를 이리도 예쁘게 만들어주는 거란다. 돌아보니 나는 딸들의 머리를 거의 손질해주지 못했다. 스스로 관리하게 되기까지 정신없다는 핑계로 빗질만 겨우 해주었으니 뒤늦게 미안한 마음이다.

한번은 청소기 손잡이가 손에서 미끄러져 바닥에 내동댕이쳐지면서 스위치가 고장이 났다. 수리를 해야 하기에 또 돈이 나갈 일을 만들었구나, 한숨이 나왔다. 당시 열한 살이던 셋째가 내가 한숨 쉬는 모습을 보고는 손잡이를 해체하고 한참 머리를 굴리다 빵끈을 달라고 한다. 빵끈으로 떨어져 나간 부속 자리를 채우고 어찌어찌하더니 다시 작동이 됐다. 나는 너무 놀랍고 고마워서 서비스센터를 가지 않게 해준 대가로 3,000원을 주었다. 셋째에게는 대단한 돈이었다.

그 뒤로 셋째는 집에서 고장이 난 곳곳에 관심을 기울이고 기사님을 부르면 얼마를 받으시냐고 물었다. 나는 기사님 출장비만큼 줄 수는 없고, 대신 고치는 건당 3,000원을 주겠다고 했다. 셋째는 수리하기 힘든 천장 깊숙한 곳 매립등까지 문제가 생기면 곧바로 인터넷에서 같은 제품을 찾아 구입해 교체했다. 하다못해 비데 필터를 교체하는 것까지 사용 기한을 달력에 체크하고 정확한 날짜에 맞추어 교체했다. 내심은 용돈벌이지만 겉으론 거창하게 가족의 건강을 위해서 단 하루의 기한도 넘길 수 없단다. 동생들의 잘못으로 막혀버린 세면대 배관까지 해체해서 복구시켰다. 이후로 집 안을 넘어서 자동차와 집에서 먼 농막에까지 관심과 손재주가 뻗어 나갔다.

수학을 잘했던 둘째는 본인도 초등학생 나이였지만, 셋째와 넷째가 초등 저학년 나이일 때 수학을 가르쳐주고 용돈을 벌었다. 수학은 나도 인내하며 가르치기 어려운 과목이었는데, 군기 대장 누나를 무서워하는 동생들에게는 제대로 된 선생님이었다. 그래도 수학을 좋아하지 않는 어린 동생들을 가르치기 위해 대단한 끈기와 인내심을 발휘해야만 했다.

넷째가 열한 살이었을 때, 일곱 살이었던 다섯째에게 한글을 가르쳐주고 용돈을 벌었다. 다섯째가 배움에 대한 열의로 스스로 한글을 중반 정도 깨우쳐가고 있었는데, 도움이 필요한 때가 된 것이다. 술술 읽기까지 가르치는 사람에게는 거액의 상금 10만 원을 주겠다고 했다. 이미 동생들을 가르쳐본 큰 아이들은 가르치는 일이 쉽지 않다는 것을 알기에 손을 들지 않았는데, 넷째가 번쩍 손을 들었다. 그러나 넷째의 가르치는 열심보다 다섯째의 배우려는 열심이 훨씬 커서 약간의 도움으로 다섯째는 한글을 완전히 깨우치고 읽기까지 스스로 완성해나갔다. 그러자 큰 아이들이 10만 원의 상금이 불합리하다고 아우성쳤다. 넷째도 인정하여 약속한 금액의 절반인 5만 원을 주었다.

우리는 다른 사람에게 지불해야 할 인건비를 아이들에게 많이 지불하고 있다. 용돈을 아이들이 일한 대가로 준 셈이다. 아이가 많으면 많을수록 가정 내에서 자기의 색깔에 맞는 역할들을 찾아가고 이 과정에서 본인도 몰랐던 숨은 재능을 발견하게 된다. 특히 홈스쿨링을 하는 가정일수록 아이들이 스스로 수고하고 섬기는 훈련을 할 수밖에 없는 환경이 만들어진다. 그 속에서 서로 성장하며 얻게 되는 행복은 돈으로 환산할 수가 없다. 오늘도 대식구 속에서 이런 섬김을 통해 아이들이 가족 구성원으로, 또 고유한 한 인격체로 자라는 것을 보는 것이 참 감사하다.

* *

밥상 선물이 가져다준
작은 기적

* *

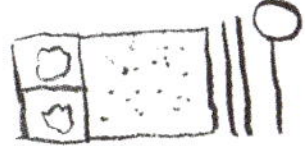

자녀가 많은 우리 부부를 보고 사람들은 "아이들을 참 좋아하시나 봐요" 하고 말한다. 오해다. 나는 아이들을 좋아했지만 남편은 그렇지 않았다. 두 형제로 자란 남편은 자녀는 둘이면 됐다고 선을 그었다. 하지만 삼 남매로 자란 나는 커보니 셋도 많은 것이 아니었다.

어찌하다 셋째까지 낳아 키우기까지 육아는 전부 내 몫이었다. 무뚝뚝하고 애정 표현이 없는 아버지 밑에서 자란 남편은 아이와 어떻게 눈을 마주치며 사랑을 표현해야 하는지 몰랐다. 그럼에도 셋째를 낳고 나서는 왠지 셋째에게 남동생이 있으면 좋겠다는 생각에 아이를 하나 더 낳으면 어떻겠냐고 남편에게 제안했다가 일언지하에 거절당했다.

그러다 정말 어떻게 된 일인지 넷째가 왔다. 남편의 반응은 시큰둥했지만 내심 기대했던 나는 기쁜 마음으로 남편과 함께 산부인과에 갔다. 그런데 태아의 심장이 뛰지 않았다. 심장이 뛰기를 간절히 기도하며 10주 가까이 기다렸지만, 더는 기대할 수 없어 계류유산으로 수술을 했다. 넷째라 친정에도 알리지 않았고 친한 지인 몇 명만 알고 있었다.

토요일 오전에 수술을 했다. 수술 후 바로 집으로 돌아왔지만 남편은 일이 있다며 긴 시간 외출을 했다. 종일 세 아이와 부대끼다 밤을 맞은 나는 아픈 마음과 몸을 어떻게 가누어야 할지를 몰라 밤새 눈물만 비 오듯 쏟아냈다. 어떻게 마음을 추슬러야 할지 까마득해 앞이 보이지 않던 밤이었다.

눈물이 채 마르지 않은 다음 날 아침, 문자가 왔다. "집사님, 현관문 좀 열어보세요." 문을 열어보니 미역국과 각종 반찬과 과일이 한 아름 담긴 선물 보따리가 있었다. 식탁에 펼쳐 놓았지만 쏟아지는 눈물 때문에 먹을 수가 없었다.

겨우 먹기 시작했는데, 벌써 점심시간이 되었다. 다시 문자가 왔다. "집사님, 현관문 좀 열어보세요." 아까와 같은 내용이지만 다른 분이다. 함께 홈스쿨링을 시작한 교회 집사님들인데, 내가 수술한다고 흘렸던 말을 기억하시고는 서로 아침과 점심을 나누어 음식을 집 앞에 놓기로 약속한 것이었다. 문을 열어보니 좀 전처럼 국과 맛있는 반찬들, 그리고 과일이 한 보따리 놓여 있었다. 선물을 풀어 놓자마자 정말 껄껄 속 깊은 곳에서부터 올라오는 울음이 터져버리고야 말았다.

  아침부터 예기치 않은 선물을 물끄러미 지켜보고만 있던 남편이 나지막한 소리로 말했다. "남편이란 사람이 동네 아줌마보다도 못하네. 뭐 먹고 싶은 거 있어?" 나는 눈물을 삼키며 떨리는 목소리로 "치킨이랑 아이스크림"이라고 말했다. 이 말이 떨어지자마자 옆에 멀뚱멀뚱 서 있기만 하던 아이들에게 생기가 돌았다. "아빠, 엄마가 치킨이랑 아이스크림 먹고 싶대요. 빨리 사러 가요!" 아이들이 아빠를 재촉했다. 내가 아팠던 만큼 아이들의 마음도 차가운 분위기 속에서 아프고 상했다는 것을, 아빠의 바짓가랑이를 붙잡고 재촉하는 아이들의 눈빛이 말해주었다.

  이날 우리 가족은 따뜻한 이웃의 예기치 못한 사랑의 선물로 상처가 치유되는 경험을 했다. 우리도 어떻게 할 줄 모르고 아프기만 했던 그 깊은 어둠의 밤, 해가 다시 떠올라도 여전히 어둠의 터널에서 나오지 못하고 있던 우리에게 그 선물은 소망이 있는 곳으로 인도하는 빛과 같았다. 치킨과 아이스크림을 먹으며 아이들은 웃음을 되찾았고, 남편과 나도 멋쩍은 웃음으로나마 서로를 다시 바라볼 수 있게 되었다.

  이 일은 홈스쿨링을 하는 우리 가정에 큰 교훈을 주었다. 우리 자신만으로는 매우 부족하지만, 우리는 서로에게 좋은 이웃이 됨으로써 그 부족함을 서로 채워준다. 소망이 없어 보이는 곳에서도 그 사랑은 우리에게 다시 살 소망이 되어준다.

  사랑의 치유를 거쳐, 남편은 넷째를 낳는 일에 동의했다. 몇

개월 후 우리는 넷째를 선물로 받았다. 딸로서는 셋째인 넷째는 정말이지 말 그대로 축복의 선물이었다. 너무나 사랑스러운 넷째로 인해 남편이 180도 바뀌었다. 그동안 하지 않았던 육아를 시작하게 된 것이다. 기저귀도 갈아주고 무릎에 앉혀 밥도 먹였다. 왜 진작 이렇게 해주지 않았을까, 늦은 후회를 하며 기억도 못 하는 큰 아이들에게 가슴 뭉클한 사과를 하기도 했다.

이때부터 나는 마음이 다치거나 몸이 힘든 이웃을 위해 반찬을 만들어 내가 받았던 것과 똑같이 현관 앞에 놓아두고 오곤 한다. 그때마다 아이들에게 이야기해준다. "너희도 아픈 이웃을 돌보는 삶을 살아라. 이게 우리가 사는 인생의 가치란다."

그 후 언제든지 필요할 때마다 큰 아이들은 함께 반찬을 만들고 작은 아이들은 잔심부름으로 돕곤 한다. 홈스쿨링을 하기에 이 모든 과정을 등 뒤에서 보고 따라다니면서 배울 수 있는 것이 감사하다. 다 큰 셋째가 장난스러운 목소리로 "왜 우리는 이런 거 안 만들어줘요" 한다. 그럴 때마다 나도 하는 말이 있다. "이건 음식이 아니라 약이야."

우리는 축복의 선물인 넷째가 태어난 이후 한동안 외로운 할머니들을 위로하러 다른 홈스쿨링 가정들과 함께 정기적으로 요양원을 방문했다. 아이들 중 가장 어렸던 넷째는 그야말로 연예인급이었다. 할머니들이 넷째의 손을 한번 잡아보기 위해 여기저기서 팔을 내미셨다. 넷째는 할머니들의 넘치는 사랑과 인기에 힘입어 무대에서 노래를 불러 할머니들을 사로잡았다. "아빠하고 나하고 만든 꽃밭에 채송화도 봉숭아도 한창입니다.” 넷째가 서투른 발음으로 부르는 노래를 할머니들은 기억의 언저리를 맴도는 미소를 띠시며 세월이 묻어나는 목소리로 따라 부르시기도 했다. 사 남매의 출동을 기다리시는 할머니들을 위해 첫째와 둘째는 방문 일주일 전부터 선곡한 노래에 맞는 율동을 만들고, 말 안 듣는 셋째를 타이르거나 협박하면서 나름의 공연을 열심히 준비했다. 할머니들의 사랑에 아이들은 넘치는 생기로 보답했다.

지금도 여전히 내가 아이들에게 바라는 꿈은, 아이들이 이웃을 사랑하고 섬김으로 사람들에게 소망의 빛이 되는 것이다.

작은 엄마들

첫째에게 홈스쿨링을 해서 좋았던 점이 무엇이냐고 물었다. 첫째는 자기가 정말 좋아하는 일이 무엇인지를 발견하게 되었다는 점과 예쁘고 어린 동생들의 성장 과정을 다 지켜볼 수 있었다는 점이라고 답했다.

첫째는 동생들이 많은데도 아이들을 좋아해서 대학 전공으로 유아교육을 선택했다. 동생들이 많으면 귀찮고 벗어나고 싶을 법도 한데, 동생들이 예쁘고 어린아이들이 좋다며 입시가 끝나자마자 교회에서 유아부 교사로 봉사할 정도였다. 입시학원에서 공부에 지쳐 집으로 돌아올 때도 어린 동생들이 뛰어나와 반기면 그날의 피로가 모두 사라진다며, 동생들의 인사에 일일이 친절한 응대를 해주곤 했다.

아이들이 자라는 모든 과정을 함께하며 지켜볼 수 있었던 것은 부모인 나에게도 홈스쿨링이 준 가장 큰 기쁨이고 보람이다. 우리 집은 넷째를 중심으로 띠동갑이 세 쌍이나 있다. 만일 아이들이 모두 학교에 다녔다면 많은 나이 차이로 인해 어린 동생들과 큰 아이들이 거의 주말 형제처럼 지냈을지도 모른다. 나의 어린 시절을 돌아보면 각각 일곱 살, 다섯 살 차이가 났던 언니, 오빠와는 공유하는 추억이 별로 없다. 더구나 언니, 오빠가 시골을 떠나 도시에서 하숙하며 고등학교에 다녔기에 거의 남처럼 지냈다.

지금의 아홉 명이나 되는 우리 가족은 매일 의자를 붙여가며 한 식탁에 옹기종기 둘러앉는다. 그날의 소소한 사건들을 반찬 삼아 이야기가 시작되면 곧 넘치는 웃음이 밥상을 덮는다. TV가 없어도 어린 동생들의 돌발 행동과 말들은 매일같이 참신한 웃음보따리를 선물한다. 이렇게 가족 모두가 기쁜 일이든 슬픈 일이든 같은 경험과 추억을 공유하며 느끼는 깊은 유대감은 아이들이 세상을 향해 발을 내디딜 때 큰 힘과 용기가 되어주는 것 같다.

모든 시간을 함께하다 보니 아이들은 반복되는 엄마의 임신과 출산의 과정도 함께했다. 다섯째를 뱃속에 품고 있을 때 양수가 미세하게 여러 번 샜다. 꼼짝없이 집에 누워 있어야 하는 엄마를 위해 아이들은 긴 휴가를 낸 아빠와 함께 여행을 떠났다. 할머니가 계시는 원주를 거점으로 영월을 오갔다. 영월 내에 있는 박물관 스물다섯 곳 중 거의 절반을 체험하고, 수시로 강과 계곡을 휩쓸며 물고기를 잡으러 다녔다. 엄마의 빈자리가 느껴질 법한 이 시간이 오히려 그동안 소원했던 아빠와의 관계가 깊어지는 계기가 되었다.

다섯째가 태어났다. 예정일보다 5주 일찍 세상에 나왔는데 상태가 매우 좋지 않아 신생아중환자실로 직행했다. 많은 사람의 기도와 동생의 퇴원을 고대하는 남매들의 응원으로, 아기는 기적처럼 회복되어 태어난 지 보름 만에 집에 왔다.

아이들의 환대는 대단했다. 특히 둘째의 애정은 각별했다. 공부할 때도 인형 같은 아기를 자기 다리와 팔에 기대어 놓고, 형제들과 보드게임을 할 때도 아기를 팔에서 내려놓지 못했다. 첫째부터 이제 다섯 살이 된 넷째까지 모두 작은 엄마들이 되었다. 기저귀도 능숙하게 갈고 이유식도 먹였다. 엄마 아빠에게 데이트 시간까지 줄 뿐 아니라, 가끔 꼬깃꼬깃 모아놓은 쌈짓돈으로 찻값도 주었다. 특별한 날이 아니어도 아기를 돌보고 있을 테니 데이트하라고 우리 부부의 등을 떠밀어 내보내기도 했다.

경쟁 관계에 있던 남매가 다섯째에 대해서는 마치 부모와 자식의 관계처럼 되었다. 넷째까지 있을 때는 경험하지 못한 일이었다. 동생이 하루하루 크는 과정을 부모처럼 신기해하고, 동생의 재롱에 기쁨을 이기지 못하는 웃음이 아이들 사이에 가득했다. 남편과 나에게도 다섯째부터는 자식이 아니라 마치 손주라면 이런 느낌이지 않을까 싶을 정도로 여유와 함께 쓰다듬고만 싶은 사랑이 밀려왔다.

여섯째를 품고 있을 때는 몸이 힘들어 병원에 입원하거나 집에서 누워 있는 시간이 많았다. 그럴 때면 큰 아이들은 부엌에서 부산스럽게 밥상을 차려 방으로 가져다주고, 동생들의 밥까지 차려서 먹이곤 했다.

출산일을 앞둔 어느 날, 엄마가 조리원에 있는 시간 동안 어떻게 지낼 것인지 회의를 했다. 친척들의 도움을 받을 수 없는 상황에서 아이들은 아빠가 출근해도 자기들끼리 잘 지낼 수 있으니 염려하지 말라며 나와 남편을 안심시켰다. 그러고는 자기들끼리 어떻게 살림을 하고 동생들을 돌볼지 계획을 세우고 시간표를 짰다.

돌봄이 필요한 동생들을 위해 첫째부터 셋째까지 같은 시간대에 다녔던 태권도학원을 시간대를 달리해서 갈 계획을 세웠다. 설거지며 잡다한 집안일에 관한 순번과 생활 규칙을 만들어서 냉장고에 붙여 놓았다.

여섯째가 태어났다. 조리원에서 돌아온 나는 기대 이상으로 잘 정돈되고 깨끗한 집 상태에 너무나 놀랐다. 모유가 잘 나오지 않아 여섯째에게 분유를 먹이게 되자, 아이들은 분유를 타는 일부터 먹이는 일까지 숙련된 솜씨로 능숙하게 해내며 나에게 쉴 시간을 만들어주었다. 저녁이면 열세 살밖에 안 되었던 둘째가 띠동갑 신생아 동생을 목욕시켰다. 젊은 엄마 못지않은 솜씨로 나를 적잖이 놀라게 했다. 여섯째는 생후 5개월까지 나와 첫째

중 누가 엄마인지 구별을 못 하는 듯했다.

일곱째가 생겼을 때는 내가 나이가 들어서인지 초기부터 몸이 너무 무거웠다. 그런 엄마를 기다리지 않고, 아침이면 아이들은 익숙한 솜씨로 밥을 해서 동생들을 챙겼다. 잡다한 집안일도 당번을 만들어서 엄마의 빈자리가 느껴지지 않을 만큼 깔끔하게 해나갔다. 이런 일들이 학습되어서일까. 현재는 넷째까지 아주 훌륭한 살림꾼이 되었고, 이제는 아래 동생들에게 정리정돈 훈련을 시킬 정도이다.

누군가 나에게 이런 말을 한 적이 있다. 아이들 방학이 제일 무서운데 어떻게 1년 내내 방학 같은 삶을 사냐고 말이다. 그렇게 살아온 지 근 25년이 되었는데, 아이들이 곁에서 힘과 위로가 되지 않았더라면 나는 이렇게 많은 자녀를 낳는 일도, 이렇게 웃음이 가득한 밥상이 있는 집을 만드는 것도 꿈꾸지 못했을 것이다. 나를 엄마로서 성장하게 만들어준 것도, 깨지기 쉬웠던 우리 부부 사이를 성숙하게 만들어준 것도, 항상 웃을 수 있는 기쁨과 즐거움을 준 것도 모두 아이들이었다.

아이들과 찰떡같이 붙어 살아온 세월은 인생이 축복 그 자체임을 느끼게 해주었다. 일곱 명의 아이들이 언젠가 집을 떠나고 헤어지는 날이 올 때, 아이들도 온 가족이 지지고 볶으며 함께했던 어린 시절이 인생의 축복 그 자체였음을 알게 되리라. 어른이 되어 힘든 시절이 올지라도 가족이 함께했던 추억이 인생을 끝까지 인내하며 살아낼 수 있는 힘이 되기를 기도한다.

이름표가 붙은 피자 조각

아이들이 많은 만큼 먹는 양도 참 많다. 모두 하루 종일 집에 있으니 냉장고를 아무리 채워 넣어도 메뚜기 떼가 다녀간 듯 며칠 안에 텅 비어버린다.

넷째가 갓 태어났을 때만 해도 짜장면 곱빼기 두 개를 시키면 세 아이에게 한 끼를 먹일 수 있었다. 모자란다 싶으면 짜장에 밥을 비비면 되니까 짜장면은 미처 밥을 준비하지 못했을 때 가성비 좋은 대안이었다.

몇 년 전 어느 날, 아빠와 큰 아이들 넷이 중국집에서 점심을 먹는다고 했다. 그런데 카드 문자에 5만 원가량이 찍혔다. 먹고 싶은 것을 다 시켜서 먹었나 보다 생각했는데, 물어보니 탕수육도 안 시키고 짜장면과 짬뽕만 시켰는데도 식사비가 그 정도 나왔다고 한다. 아이들이 많아지고 큰 아이들의 체격이 점점 더 커지면서 어느 날부터인지 짜장면은 짜장라면으로 대체되고 중국집에서 파는 짜장면은 생일에 먹을 수 있는 특별한 음식이 되었다. 그래도 생일이 1년에 아홉 번은 돌아오니 그것도 감사한 일이다.

아이들이 어릴 적에 외할아버지가 오셔서 아이들 먹는 것을 보시더니 "과일을 무슨 돈으로 당해내냐, 배추를 사다가 잘라 먹여라" 하고 말씀하신 적이 있다. 실제로 그랬다. 어릴 때는 과일보다 속이 노란 배추와 양배추, 그리고 오이를 많이 먹었다. 어린 동생들은 언니들이 고추장을 찍어 야채를 맛있게 먹는 모습을 자연스럽게 보았다. 그래서인지 모든 아이들이 어릴 때부터 양배추, 오이, 당근 등 생야채를 접시에 담아 참 많이도 먹고 잘도 먹었다. 쌀도 밥을 한 번 하면 일곱 컵씩 하니 금방 쌀 항아리 바닥이 긁히는 소리가 난다. 그 소리를 들을 때마다 이제까지 쌀통에 쌀이 빈 적이 없음을 늘 감사하게 생각했다.

우리는 생일마다 잔치할 여력이 없지만 친할머니가 아이들 생일만큼은 짜장면과 탕수육은 물론 케이크도 살 수 있을 만큼 넉넉한 용돈을 보내주신다. 새해에 새로운 달력이 생기면 친할머니가 제일 먼저 하시는 일이 아이들 생일마다 크게 동그라미를 쳐놓는 것이다.

덕분에 우리는 생일 때마다 생일 주인공이 먹고 싶은 음식을 선택해서 마음껏 외식을 하고, 케이크를 사서 초를 꽂고 축하와 축복의 시간을 갖는 것이 전통이 되었다. 어떤 생일에는 케이크 대신 아이스크림 전문점에서 아이스크림을 살 때도 있다. 가장 큰 통을 사도 5분 이내에 금세 바닥이 드러난다. 너무 빠른 속도로 숟가락을 놀리면 안 된다. 드나드는 숟가락의 횟수를 제재하는 것은 자연스럽게 둘째의 몫이다. 그러나 점점 바닥에 가까울수록 빨라지는 숟가락질 속도를 제어할 길이 없다. 다 먹고 나서 아이들이 하는 말이 있다. "무슨 맛인지 모르겠다. 그냥 입이 차갑기만 하다." 서로 경쟁하느라 맛을 느낄 겨를이 없기 때문이다. 그래서 아이들은 함께 나누어 먹어야 하는 비싼 아이스크림보다, 자기만의 것으로 마음껏 맛을 음미하며 먹을 수 있는 몇백 원짜리 아이스크림을 더 좋아한다.

한번은 내가 닭강정을 해준 적이 있었다. 양이 넉넉하지 못했다. 식탁에 내려놓자마자 정신없이 쟁탈전이 벌어지는 가운데, 넷째가 너무 맛있다며 잠시 눈을 감고 맛을 음미했다. 다시 눈을 떠보니 빈 접시만 덩그러니 남아 있었다. 당황한 넷째를 보며 둘째가 웃으며 말했다. "맛을 느끼지 마. 맛을 느끼는 순간 그게 끝이야." 그래서인지 아이들은 라면을 함께 끓이지 않는다. 각자 냄비를 하나씩 들고 자기 라면을 끓이기 위해 레인지 앞에 줄을 선다. 여유 있게 라면의 맛을 느끼기 위해서다.

아이들이 너무나 좋아하는 치킨이 많이 비싸졌다. 아이들의 소원인 '1인 1닭'을 위해서 값싼 옛날통닭을 살 때도 있지만, 가끔 지인들이 보내준 치킨 쿠폰을 써서 소원을 이루어주기도 한다. 보통 저녁에 치킨을 먹으면 남을 리가 없다. 어쩌다 조금이라도 남게 되면 '아침에 일어나자마자 먹어야지' 하는 것은 모두 같은 마음인가 보다. 거기에는 나도 포함된다. 한번은 아이들이 잠에서 깨기 전, 조용히 일어났는데 치킨이 없다. 알고 보니 잠이 많은 첫째가 남은 치킨을 먹고자 알람까지 맞추어놓고 일어나 치킨을 먹고는 다시 잠자리에 누운 것이었다. 아이들이 하나둘, 다른 사람이 깨기 전에 도둑같이 조용한 걸음으로 부엌에 갔다가 없어진 치킨의 행방을 묻는 소리로 아침을 깨우기도 했다.

대형마트에서 파는 패밀리 사이즈 피자 두 판도 요즘은 모자란다. 세 판을 사서 남으면, 피자 조각을 비닐봉지에 싸서 봉지 위에 자기 이름을 적어 냉동실에 보관한다. 유명 브랜드의 피자를 먹지 못해도 아이들은 먹을 수 있는 것에 늘 크게 감사한다.

아이들이 지금보다 훨씬 어렸을 때 피자 한 판을 자기 혼자서 먹어보는 것이 소원이라고 말한 적이 있다. 그런데 어느 날 그 소원이 이루어졌다. 어둡고 비가 많이 오던 날에 신촌 세브란스 어린이병원에 진료가 있어서 갔는데, 입원한 어린이들을 위해 병원 로비에서 피자 쇼와 함께 피자를 만들 수 있는 자리가 마련되었다. 하지만 외래환자였던 아이들은 피자를 만들기 위해 하나둘씩 로비로 나와 자리를 채우고 있는 환자복을 입은 아이들을 너무나 부러운 눈으로 바라만 보고 있었다.

그런데 아이들의 소원을 하늘이 들어주신 걸까? 빈자리가 세 자리가 생겨 우리 아이들에게 앉으라고 한다. 피자 한 판을 혼자 먹는 게 소원이라던 큰 아이들 셋이 피자 한 판씩을 만들게 된 것이다. 그 소중한 피자가 오븐에서 나오기까지의 가슴 벅찬 기다림이란, 인내가 아니라 그 자체로 너무나 설레는 기쁨이었다. 각자의 손에 피자 한 판씩을 들고 병원을 나온 그날, 아이들은 천국을 경험했다.

다섯째를 낳고 얼마 되지 않은 어느 날, 가족이 모처럼 나들이를 나가 식당에 간 적이 있다. 그런데 우리가 시키지 않은 군만두가 식탁에 올라왔다. 뭔가 잘못되었다고 눈이 먼저 말하고 있는 우리에게 사장님이 말하길, "저기 계신 할아버지 손님이 아이들이 너무 예쁘다고 시켜주신 거예요" 한다. 놀란 마음으로 감사의 인사를 드렸다. 밥을 다 먹고 났는데 만두를 사주신 할아버지가 오시더니 이번에는 아이들에게 아이스크림을 사 먹으라고 용돈을 건네주셨다.

생각지 않은 선물이 생긴 아이들의 기쁨이 채 가시기도 전에 계산대 앞에 선 남편이 어쩔 줄을 몰라 한다. 어떤 손님이 우리 밥값을 전부 계산하고 가셨다는 것이다. 그분이 우리가 편하게 식사할 수 있도록 미리 계산한 사실을 말하지 말라고 부탁하셔서 알리지 못했다는 것이다. 감사의 인사를 전해드리지 못한 그 고마운 마음의 온기는 아직도 우리 부부의 가슴에 남아 있다. 그렇게 지금까지 살아온 여정에서 만난 이름 모를 많은 이웃들이 준 작고 소소한 나눔들은 우리에게 생각지 못한 기쁨과 살아가는 재미를 누리게 해주었다.

7남매의 떠들썩한
명절 대이동

코로나19가 유행하던 시기에 몇 년간 부모님 댁을 자주 방문하지 못했다. 4명, 5명 등 인원 제한이 있다 보니 그때마다 많은 고민을 했다. 날짜를 달리하여 식구를 나누어서 방문하느냐, 아니면 주차장에 온 식구가 대기하면서 제한 인원만큼만 교대로 왔다 갔다 하느냐 등. 양가 부모님은 대식구의 움직임이 염려되시는지 한사코 몸조심하라며 전염병이 잠잠해지면 오라고 당부하셨다.

그러다 결국 추석 전에 온 식구가 코로나19에 걸렸다. 명절 직전에 격리가 해제되었는데, 몸이 아픈 사람은 없었으나 부모님 댁은 방문할 수가 없었다. 그렇게 추석이 지나가고, 기다리던 설날이 왔다. 아이들은 오랜만에 할머니를 뵙는 것도 좋았지만,

1년 중 용돈을 왕창 벌 수 있는 유일한 날이기도 해서 설날이 되기 전부터 설레는 마음이 가득했다.

친가와 외가에서 각각 하룻밤씩 자고 오는 짧은 여행이지만 식구가 많은 만큼 짐도 많고 가방도 크다. 여덟 살 이상은 각자 알아서 자기 짐을 싼다. 옷은 물론이고 소지품과 먹는 약까지 모조리 스스로 챙겨야 한다. 그래도 엄마인 나는 어린 여섯째와 일곱째의 옷가지부터 부모님께 드릴 선물까지 챙겨야 할 것이 많다. 짐을 싸는 일 외에 이 많은 짐을 차에다 넣는 것 또한 신경 써야 할 일이다. 사람이 타려면 짐을 싣는 것이 아니라 잘 욱여넣어야 한다.

9인승 승합차라 맨 뒤 트렁크 자리에는 여섯째와 일곱째가 앉는다. 좋아하진 않지만 어쩔 수 없다는 것을 알기에 군말 없이 트렁크 자리에 앉는다. 트렁크 자리도 물론 양쪽 끝은 짐이 기둥처럼 차 있다. 그래도 두세 시간은 잘 참고 간다.

이런 형편도 9인승이라 매우 여유 있는 것이다. 다섯째가 태어나기 전까지 지금은 거의 사라진 7인승 레조를 타고 다녔다. 트렁크에는 유아차와 짐이 잔뜩 있었다. 2열 자리에 넷째의 카시트가 자리 하나를 차지하고 나면, 나머지 한 자리에 세 아이가 끼어 앉아야만 했다. 정신이 멀쩡할 때는 다행이지만 셋 중 누구 하나가 잠이 들면 옆 사람에게 늘어져 기대니 누군가 잠이 들 것 같으면 서로서로 어깨를 치며 "자지 마!"를 외치면서 눈치 없이 찾아오는 잠을 쫓기도 했다. 혹여 짐이 좀 줄었을 때는 짐과 함께 트렁크에 탈 사람에게는 짧은 거리는 200원, 긴 거리는 왕복 500원을 주기도 했다. 그러면 항상 계산에 밝은 셋째가 자원해서 쏠쏠치 않게 돈을 모으기도 했다.

왜 내가 트렁크로 가야 하냐고 하소연하는 여섯째에게 큰 아이들은 이 전설 같은 이야기를 해주며 지금 너희가 타는 트렁크 자리가 얼마나 호사인지를 말해준다. 그러면 두 어린 동생들은 체념한 듯 순순히 앉아 둥지를 틀 듯 먼 길 떠날 자리를 잡는다.

갈 때는 그나마 다행이다. 돌아올 때는 할머니가 하나라도 더 주고 싶은 마음에 이것저것 싸서 현관 앞에 쭈욱 내놓으신다. 그러면 테트리스처럼 빈틈없는 짐 쌓기 묘기를 부려야 한다. 그렇게 쌓아도 바닥에 발을 놓고 갈 수가 없다. 큰 아이들조차 발을 들고 서울까지 와야 한다. 아이들은 이러다 차 바퀴가 펑크 나서 집까지 제대로 갈 수 있겠냐고 다들 한마디씩 떠들다 바퀴의 위대한 힘을 극찬하며 웃어 재끼곤 한다.

떠날 준비에는 시간이 걸려도, 우리에게는 신나게 달릴 수 있는 버스전용차로가 있다. 그러나 그 버스전용차로에서도 생각지 않은 단속에 걸려 지체될 때가 가끔 있다. 한번은 오 남매와 함께 버스전용차로를 달리는데 경찰차가 우리 차를 갓길에 세웠다. 창문을 내렸더니 경찰관이 웃으면서 "여섯 명 안 타셨죠?" 했다. 그래서 내가 "아이들이 다섯 명 탔어요" 했더니, 작은 아이들이 눈에 안 띄는지 "죄송하지만 뒷문을 열어봐도 될까요?" 하고 물었다. 뒷문을 열고 고개를 이리저리 돌리더니 멋쩍게 웃으며 죄송하다고 조심해서 가시라고 한다.

이런 경우 차가 막히면 버스전용차로에서 갓길로 나왔다가 다시 갓길에서 전용차로로 진입하는 데에 시간이 많이 걸린다. 그래서 한때는 갓길에 나가지 않고 7남매가 탔다는 표시를 어떻게 할까, 재치 있는 고민을 한 적도 있다.

북적이며 가다 보니 어느새 친할머니 집에 도착했다. 잠든 아이들을 깨우고, 욱여넣은 짐을 다시 뺀 다음, 두 번에 나누어 엘리베이터를 타고 올라갔다. 할머니는 현관으로 줄줄이 들어오는 아이들에게 악수와 포옹으로 환대를 해주셨다. 겹치지 않게 신발을 벗어놓느라 들어가는 데도 시간이 걸렸다.

혼자 사시는 할머니 집이 부쩍 큰 아이들로 작아져서 거실에 2열로 앉아야 했다. 거실을 가득 메운 손주들을 보시는 할머니 입가에서 미소가 사라지질 않았다. 한 사람, 한 사람 안부를 묻는 것만으로도 북적대는 것이 명절 분위기가 절로 났다. 일곱 명의 아이들이 할머니 한 분 앞에 줄줄이 늘어서서 단체로 절을 했다. "새해 복 많이 받으세요!" 우렁찬 새해 인사에 할머니는 기쁨을 감추지 못하셨다. 여러 겹의 봉투를 꺼내어 일일이 이름을 불러가며 악수와 포옹과 함께 세뱃돈을 나누어주셨다. 그러고 나서 할머니의 정이 가득 담긴 한 상 명절 밥을 먹고 나면 정말 잔치를 치른 것 같은 기분이 들었다.

소화를 시키기 위해 산책을 하러 늦은 저녁에 큰 아이들 넷과 밖으로 나왔다. 산책 겸 걸어서 15분 거리인 외가에 미리 다녀오는 것이 어떻겠냐고 아이들이 제안했다. 지난 수년간 설에 보지 못한 외삼촌에게 세뱃돈을 받고 싶은 속내가 있는 듯했다. 이번 에도 외삼촌이 설 다음 날 아침 일찍 떠난다고 했으니, 미리 가서 외삼촌한테 세뱃돈을 받아보자는 것이다.

큰 기대를 안고 갔는데 외삼촌이 외출 중이다. 그러나 이모가 아이들 선물을 한 아름 준비하고 있었다. 이모의 생각지 못한 선물에 첫째가 덩실덩실 춤을 추자, 외조부모님도 덩달아 덩실덩실 춤을 추셨다. 이모와 이모부, 그리고 대학생 사촌이 와 있는 조용한 외가에 큰 아이들 넷은 하룻밤 자고 출격할 7남매 신고식을 맛보기로 선물하고 다시 친할머니 집으로 돌아왔다.

다음 날 오전, 아침밥을 간단히 먹는다고 해도 상다리가 휘어질 듯한 잔칫상이다. 먹고 치우니 점심때가 됐다. 하나밖에 없는 화장실에 줄줄이 예약 및 대기가 시작되었다. 한 번에 나가기 힘드니 준비된 사람은 먼저 나가 있으라는 외침과 여기저기서 짐 찾는 소리로 할머니의 평온했던 정신을 쏘옥 빼놓고서야 떠날 채비가 끝났다.

아쉬우면서도 뭔가 안도의 표정인 할머니께 아이들은 동네 떠나가라 "할머니 사랑해요! 안녕히 계세요! 또 올게요!"를 외쳤다. 한 사람당 두 번 이상 인사말을 반복하며 할머니가 보이지 않을 때까지 손을 흔들었다.

다음 행선지인 외갓집에 도착했다. 한 번에 올라갈 수 있는 외할머니 집 엘리베이터도 가까스로 문이 닫힌다. 아파트 마당에서부터 떠들썩하기에 외할머니는 미리 현관문을 열어놓고 환대를 하신다. 들어오고 들어와도 계속되는 손주들을 맞이하며 할머니, 할아버지는 연신 웃고 계셨다. 줄줄이 서서 세배하는 손주들이 뿌듯하신 듯했다. 두둑한 봉투 뭉치를 들고 봉투마다 써놓은 이름을 하나씩 불러가며 세뱃돈을 손에 꼬옥 쥐여주셨다. 전해에는 나에게 세뱃돈을 맡겼던 다섯째도 이제는 자기가 보관하겠다면서 지갑을 챙겨 왔다. 아침에 일찍 떠날 예정이었던 외삼촌이 남아 있는 덕에 올해 세뱃돈은 역대급이라고 아이들은 신이 났다.

계속되는 임신 소식에 땅이 꺼져라, 한숨을 쉬셨던 외할머니도 아이들을 얼마나 사랑하고 기뻐하시는지 모른다. 가만히 있어도 웃음꽃이 떠나지 않는 손주들을 보면서 외할아버지는 나에게 연신 "너 정말 잘했다, 이렇게 낳길 정말 잘했다"라며 진심으로 우러나오는 칭찬을 아끼지 않으신다.

외갓집을 떠나는 길도 들어올 때처럼 떠들썩했다. 배웅 나오신 할머니, 할아버지가 보이지 않을 때까지 저마다 두세 번씩 인사한다. "사랑해요! 건강하세요! 안녕히 계세요! 또 올게요!"를 무한반복하며 떠나오면, 서울 집으로 전화가 온다. 아이들 웃음 때문에 그간 우울하게 했던 근심들이 다 사라졌노라고 말이다. 건강을 위해 챙겨드린 그 어떤 선물보다도 아이들의 생기와 웃음이 조부모님들께는 가장 큰 보약이고 선물임을 항상 느끼게 되는 명절이다.

아들을 키우는 아빠,
아빠를 지키는 아들

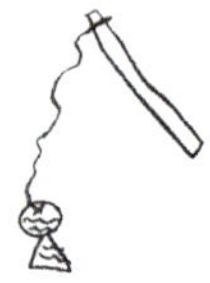

셋째는 7남매 중 유일한 청일점인 아들이다. 셋째를 놓고 많은 사람이 염려를 표했다. 학교를 안 다녀서 남자아이들과 어울릴 기회도 많이 없는데 집에서 여자아이들 틈에서만 크면 어떻게 하냐는 것이다. 여자아이들은 홈스쿨링을 해도 아들만큼은 학교에 보내야 하지 않겠냐는 말을 듣기도 했다. 종종 집에서 누나들과 공주 옷을 입고 신데렐라 구두를 신고 놀고 있으니, 사람들이 그런 말을 하는 것이 이해는 되었다.

셋째가 열 살쯤 되니 약간은 삐딱해 보이는 독립을 하기 시작했다. 여자아이들과 달리 점점 자기 고집과 주장이 늘어가는 아들을 어떻게 교육해야 할지 몰라 난감했다. 그래서 "나는 딸들을 책임질 테니 당신은 아들을 책임지라"고 남편에게 아들 교육을 넘겼다.

다행히 셋째는 아기 때부터 아빠를 유난히 좋아했다. 시키지 않았는데도 맛있는 음식을 먹을 때면 꼭 아빠 몫을 접시에 담아 냉장고에 넣어두곤 했다. 여러 개도 아니고 딱 한 개씩 말이다. 냉장고 안에 뻘쭘하게 혼자 앉아 있는 작은 과일 열매는 다 아빠의 것이었다. 한번은 아이들이 좋아하는 츄잉캔디 한 개를 포장지를 벗겨 냉장고에 덩그러니 넣어놓았다. 그런데 그게 계속 먹고 싶었나 보다. 냉장고 문을 열어 하염없이 바라보더니 한 번 핥고는 다시 제자리에 놓아둔다. 어쩌다 얻은 곡물 과자 한 봉지를 누나들과 나누어 먹는데, 주먹 쥔 손을 펴지 않고 돌아다닌다. 그 속에 뭐가 들었나 싶어 펴보았다. 아빠 드리려고 보관 중이라는 밥알 같은 과자는 문드러져서 형체가 거의 없어질 정도였다.

이런 셋째를 위해 남편은 회사 일이 끝나면 거의 모든 시간을 아들과 함께 보냈다. 둘 다 물고기를 좋아하기에 남편은 밤이면 셋째를 데리고 한강으로 낚시를 갔다. 주말이면 개울을 찾아다니면서 족대질로 물고기를 잡았다. 그렇게 오가는 길에 남편은 아들과 이런저런 이야기를 나누었다. 알아들을지 모를 남자다움과 인생에 대한 이야기 등을 말이다. 겨울이면 함께 산을 오르기도 했고, 얼음의 냉기를 더 이상 버티지 못할 때까지 남들이 가지 않는 숨은 장소를 찾아 빙어를 좇기도 했다. 쉬는 날 새벽, 밭에 갈 때면 인정 없이 셋째를 깨워 데리고 다니면서 동무 삼아 함께 일을 했다. 남편에게도 아들은 좋은 친구였다.

셋째가 열두 살 때 밭을 살 일이 있었다. 남편은 이것도 공부라면서 부동산을 계약하고 농막을 제작하는 현장에 셋째를 일일이 데리고 다녔다. 셋째가 이해하기 어려운 것들도 전혀 귀찮아하지 않고 성인에게 하듯이 정성스럽게 설명해주었다. 밭을 마련하고 경계를 측량하고 지하수를 파고 농막을 세울 때도 셋째는 모든 과정을 따라다니며 눈으로 배웠다.

이렇게 밭을 장만했는데 아빠는 회사 일로 바쁜 반면, 홈스쿨링을 하는 셋째는 가진 게 시간밖에 없었다. 아빠가 특명을 내렸다. "앞으로 밭을 마음껏 경작해라." 밭은 흙을 채워 넣느라 포클레인 바퀴에 다져져서 아주 딱딱해져 있었다. 덩치도 크지 않은 셋째는 매일 아침 곡괭이를 들고 굳어버린 흙을 파고 헤치기를 반복하더니, 결국 뭐든 심을 수 있는 부들거리는 흙으로 만들어놓았다. 힘들 것 같아 쉬었다 하라고 하면, 아주 잠시 앉아서 한숨 돌릴 뿐이었다. 오래 앉아 있으면 일하기가 싫어진다고 목표로 삼은 일을 끝내기까지 잘 쉬지도 않았다.

아빠가 주는 모종을 아기 같은 손으로 장난스럽게 흙 속에 비벼 넣을 때가 엊그제 같은데 작물을 심을 밭을 손수 만드는 날이 오다니. 묵묵히 괭이질하던 셋째의 모습을 멀리서 지켜보던 이때가 아들을 키우면서 가장 감격스러운 순간이었다.

이렇게 밭을 일구었으니, 이제 수돗가와 평상을 만드는 일이 남았다. 손재주가 없는 남편은 이제껏 연구는 많이 했으나 실행

할 엄두와 방법을 찾지 못했다. 매일 머리만 싸매고 있을 때, 만들어본 적은 없지만 손재주가 뛰어난 아이들 친구의 아빠가 구원투수로 나섰다. 셋째와 함께 평상 설계도 하고 나무도 사서 일일이 재단했다. 수돗가를 만들 땅을 파고 어떻게 튼튼하면서도 물이 잘 빠지는 수돗가를 만들지 모든 과정을 함께 연구했다. 그렇게 두 달 동안 주말을 이용해 아주 멋진 평상과 수돗가를 완성했다.

이 과정을 통해 셋째는 설계하는 방법과 드릴 사용법을 배웠다. 그리고 수개월 뒤에는 혼자서 닭장을 설계하고 완성할 수 있었다. 또한 아빠들과 함께 일해서 얻은 이 놀라운 결과물들은 셋째에게 답이 안 보이는 상황이라도 무엇이든 시작하면 된다는 도전정신과 결과를 얻기까지 필요한 끈기와 인내심을 배우게 했다.

밭이 모양을 다 갖춘 어느 날, 농막에서 낮잠을 자던 남편이 아주 급한 목소리로 전화를 했다. 바닥에서 물이 터져 나오니 빨리 돌아오라는 말만 남긴 채, 무슨 일인지 물어볼 새도 없이 전화를 끊어버렸다. 산책을 나섰다가 부리나케 돌아와 보니 물은 이미 그쳤고 바닥에 남은 물을 남편이 닦아내고 있었다. 농막 안에 있는 수도 파이프가 터져서 물이 쏟아져 나온 것이었다. 어떻게 해결이 되었는지 물어보니, 다락에서 자고 있던 셋째가 아빠의 다급한 목소리를 듣고 깨서는 밖에 연결되어 있는 물이 들어오는 밸브를 잠근 것으로 시급한 문제는 막았다는 것이다. 급한데 어떻게 그 생각을 했냐 하니, 농막을 설치할 때 눈여겨보고 나름 이런 상황이 오면 밸브부터 잠가야겠다고 미리 생각하고 있었다는 것이다. 이날 일로 아빠에게 큰 신임을 얻은 셋째는 농막 관리에 대한 모든 임무를 부여받았다.

셋째는 식구들이 깨끗한 지하수를 쓰도록 필요한 필터를 종류별로 알아서 구매해 설치했다. 수도관이 막힐 때도 거침없이 뜯어서 원인을 제거하는 등 집사처럼 그 작은 농막을 지금까지도 잘 관리해오고 있다.

또래 친구는 별로 없었지만 아빠를 가장 친한 친구로 둔 아들은 아빠 대신 집을 돌보는 믿음직한 남자로 잘 성장해주었다. 그리고 이렇게 일군 작은 밭과 농막은 아무 데도 갈 수 없었던 팬데믹 시기에 우리의 아지트가 되어 마음껏 숨 쉴 수 있는 산소통 역할을 해주었다.

서로 싸울까, 안 싸울까?
다둥이의 사랑법

가끔씩 사람들이 묻곤 했다. 아이들이 많은데 어떻게 남매간에 질서 있고 우애 있게 지내냐고 말이다.

넷째 출산 후, 아이들 셋이 한 달 남짓 외가와 친가에서 지낸 적이 있었다. 한꺼번에 아이들 셋을 돌볼 자신이 없어서 먼저 첫째만 서울 집으로 돌아오게 했고, 2주 정도 후에 둘째와 셋째를 서울 집으로 데리고 왔다.

집으로 돌아온 둘째가 2주 동안 정성스럽게 준비한 선물을 소중하게 꺼내어 엄마가 아닌 언니에게 주었다. 앗, 그런데 이것은 쓰레기봉투가 아닌가. 내가 보기에는 그냥 쓰레기를 모아놓은 비닐봉지였다. 당혹스러움을 감추고 이야기를 들어보았다. 둘째는 한 달간 언니를 많이 의지하며 있었는지 언니가 너무 보고 싶었다고 한다. 그래서 언니가 보고 싶을 때마다 아파트 놀이터에 나가 모래 속에 파묻혀 있는 보물들을 발굴해 고이고이 봉지 안에 모아 두었단다. 그 보물들은 끝이 뭉툭하게 닳아 있는 유리 조각이나 플라스틱 조각들이었는데, 모래 속에 있으니 특별하게 보였던 것 같다. 어딜 가나 언니와 늘 붙어 다녔던 둘째에게 첫째는 세상을 보는 통로가 될 때가 많았다. 그런 만큼 첫째도 둘째를 많이 아끼고 좋아했다.

실력과는 상관없이 모든 것을 즐기는 것에 초점을 맞추던 첫째와 달리, 확실하고 잘하는 것이 중요했던 둘째는 무엇을 하든지 인정받았다. 인라인 교실에 다녀온 어느 날이었다. 집에 돌아오자마자 현관에서 신발을 채 벗기도 전에 첫째가 흥분해서 숨이 찬 큰 소리로 둘째를 칭찬했다. 동생이 인라인 수업에 들어간 지 얼마 되지 않았음에도 시범을 보이고 선생님이 동생처럼 타라고 했다며 좋아서 어쩔 줄을 몰라 했다. 자기 눈에 더 잘 타는 애들을 제치고 동생이 시범을 보인 것에 대해 동생보다 더 좋아했다. 한번은 지나가던 아저씨가 동생이 너무 예쁘게 생겼다며, 크면 영화배우를 하겠다고 돈 1천 원을 주셨단다. 그래서 같이 사탕을 사 먹었다고 아주 기분이 좋아 자랑하러 집으로 들어왔다.

둘째가 상대적으로 첫째 앞에서 칭찬받는 일이 많아지자, 주변에서 첫째가 정말 괜찮은지 마음을 한번 살펴보라고 했다. 첫째에게 조심스럽게 동생만 칭찬받을 때 옆에서 기분이 나쁘진 않은지 물어봤다. 첫째는 오히려 내 질문이 이해가 안 된다는 눈빛으로 말한다. "이런 동생이 내 동생인데 왜 기분이 안 좋아요? 내 동생이 자랑스러워요." 진심으로 동생이 칭찬받을 때 기분이 너무 좋고, 자기 동생이라는 게 뿌듯하단다. 동생의 자랑을 자기 자랑처럼 여기니, 동생이 뭔가를 잘하고 칭찬받을 때마다 자기 칭찬처럼 여긴 것이다.

홈스쿨링을 하니 두 자매는 종일 붙어 있는데도 낮에 할 이야기를 다 못했다고 밤을 새워 이야기할 수 있는 기회를 달란다. 어이가 없었지만, 몇 번 허락해주었다. 새벽 3시, 키득거리는 소리에 깨어 일어나 보니 작은방에서 희미한 불빛이 새어 나온다. 첫째와 둘째가 머리를 맞대고는 뭐가 그렇게 우스운지 그 시간까지 속닥거렸는데도 이제 이야기를 시작하려는 참이라는 것이다.

첫째가 입시를 준비할 때, 아이들 대부분이 쓴다며 이어팟을 사달라고 한 적이 있다. 한두 푼도 아닌 물건을 그리 쉽게 사달라고 말하냐며 단번에 거절했다. 그런데 둘째가 이 상황을 보았나 보다. 그 후 얼마 지나지 않아 첫째 앞으로 택배가 왔다. 30만 원 가까이 하는 이어팟이 들어 있었다. 첫째는 상자를 뜯어서 내용물을 확인할 때까지도 이것이 이어팟이라는 생각을 전혀 하지 못했다. 동생이 전 재산을 털어서 산 것임을 알기에 고마워서 엉엉 우니, 둘째도 따라서 울며 서로 끌어안는다. 내 선물도 아닌데 나도 남편도 서로 눈물을 감추느라 슬쩍슬쩍 눈가를 훔쳤다.

어느덧 대학교 2학년이 된 첫째의 생일에 선물이 배달됐다. 첫째가 또 놀라서 어쩔 줄을 몰라 한다. 둘째가 언니에게 "요즘

인기 있는 상품들 중 하나를 선택하라면 언니는 뭘 선택하겠냐"고 묻더니 생일에 선물로 첫째가 선택한 물건이 배달된 것이다. 첫째는 "애는 왜 선물할 때마다 재산을 다 털어서 해주냐"며 감격해서 말을 잇지 못했다.

사실 둘째는 엄마인 나보다 첫째를 더 의지하고 좋아한다. 바쁜 엄마를 대신해서 동생들을 돌보고 같은 세대로 말이 더 잘 통해서인지 언니를 많이 의지하곤 했다.

어느 날 셋째를 혼낸 뒤 아이가 없어져서 보니, 발코니 구석에서 첫째가 셋째를 달래고 있는 것을 보고 알게 됐다. 동생들이 엄마한테 혼나 우울한 마음을 기댈 데가 없을 때, 첫째가 조용히 달래주고 있었던 것이다. 엄마가 상담사 역할을 제대로 하지 못할 때, 첫째가 그 역할을 해주고 있었다는 것도 나중에야 알게 됐다.

첫째가 스무 살이 됐을 때, 아주 오랜만에 남편과 심각하게 큰소리로 다툰 적이 있다. 아이들은 고압적인 분위기에서 어쩔 줄을 몰라 했다. 그때 첫째가 한 팔로 막내를 안고 다른 동생들을 다 자기 방으로 데려다 놓았다. 그러고는 그 싸늘한 분위기에서도 미소를 띠며 "엄마, 밖에 나가서 바람 좀 쐬고 기분 전환하고 오시는 게 어때요?" 한다. 나는 첫째의 평정심에 내심 놀랐지만, 놀란 마음을 감추면서 자존심 때문에 자리를 뜨지 않았다. 그러자 첫째는 막내의 얼굴을 가슴에 묻히도록 안고는 동생들이 있는 방으로 들어갔다. 한참 뒤에 첫째의 방에 가보니 셋째만 빼고 둘째부터 막내까지 2인 침대 위에 올망졸망 눕혀놓고 재우고 있는 것이 아닌가. 바깥 분위기에 눌려 겁먹고 있던 아이들에게 재미난 이야기로 마음을 달래주고 재웠단다. 언니를 사랑하고 소중하게 여기는 둘째의 마음이 이해가 됐다.

언니들이 선물을 주고받는 모습을 많이 보아서인지 동생들도 서로에게 자주 선물을 준다. 어린 동생들에게 있어서 선물은 병원이나 약국에 가면 받아오는 비타민이나 낱개 포장된 젤리들, 또는 할머니가 주신 용돈으로 큰맘 먹고 산 과자 정도다.

얼마 전에 검정고시를 본 오빠를 위해 다섯째가 오빠에게 과자를 선물하고 싶은데 용돈을 써도 되겠냐고 묻는다. 허락해주었더니 과자 한 봉지에 편지를 써서 오빠 책상 위에 올려놓는다. 다섯째는 가끔씩 어디서 과자가 생기면 아껴 두었다가 첫째나 둘째의 방 책상 위에 사랑하고 힘내라는 메모와 함께 올려놓곤 한다. 피아노학원에 갈 때마다 2개씩 주는 젤리를 하나는 자기가 먹고 다른 하나는 하루씩 돌아가면서 여섯째와 막내에게 선물로 준다. 성장호르몬 치료 중인 여섯째는 매일 밤 주사를 맞을 때마다 젤리를 하나씩 받는다. 하지만 자기가 먹지 않고 아껴 두었다가 젤리를 언니들에게 선물한다. 어느 날은 주사를 맞자마자 젤리는 동생 입에 넣어달라고 하기도 한다.

지나고 보니 이런 우애는 보이지 않는 질서가 서로를 사랑하는 마음 위에 자리 잡혔기 때문인 것 같다.

한번은 태권도장 관장님 앞에서 둘째가 "언니랑 같은 수학 수업을 듣고 있는데 내가 더 잘한다"고 말했던 모양이다. 첫째는 심하게 자존심이 상해서 집에 돌아와 전례 없이 울었다. 둘째에게 물었더니 자기는 그냥 사실을 말했을 뿐, 언니 마음이 상하리라곤 생각을 못했다는 것이다. 입장을 바꾸어서 언니가 얼마나 자존심이 상했을지 얘기해주었다. 둘째가 나가서 칭찬받는, 눈에 보이는 것들 이상으로, 사람들 눈에 띄지 않는 언니의 장점들에 대해서도 말해주었다. 그리고 칭찬만 받는 둘째를 자랑스러워하며 한결같이 동생을 아껴주는 언니의 큰마음에 대해서 알려주었다. 이야기를 들은 둘째가 조용히 화장실로 가서 한참을 있다가 벌겋게 부은 눈으로 나오더니, 언니에게 가서 진심 어린 사과를 했다. 둘은 서로 부둥켜안고 울었다.

첫째와 둘째 간에 우애가 다져지고 질서가 잡히니, 그 분위기가 아래 동생들까지 자연스럽게 이어졌다. 동생들이 큰 아이들을 보며 배울 뿐 아니라, 큰 아이들도 동생들의 관계를 질서 있게 잡아주었기 때문이다. 지금도 내 손이 미치지 못하는 곳에서는 첫째가 남매 사이에 벌어지는 많은 일에 대해 재판관 역할을 하고 있고 그 판결에 동생들은 이의 없이 수긍한다.

우리 부부가 다 주지 못하는 사랑이 큰 아이들로부터 흘러가는 것을 볼 때 흐뭇해진다. 형제가 아무리 많아도 아이들이 받는 사랑은 줄지 않는다. 오히려 사랑이 흘러가면서 배가되고 더 풍성해진다.

* *

"나는 오빠를 좋아해!"

* *

아이가 여섯일 때까지도 방이 세 개인 집에서 살았다. 옹기종기 붙어 사는 것도 재미나긴 했다. 그래도 첫째와 둘째의 소원은 친구들처럼 자기 방을 갖는 것이었다.

의도하지 않은 일로 인해 6년 전, 방이 네 개인 지금의 집으로 갑작스레 이사했다. 당시에 중학생 나이였던 첫째와 둘째에게 방을 하나씩 주었다. 혼자 자는 것을 무서워했던 셋째는 자기에게 방을 줄 생각일랑은 절대로 하지 말라며 묻지 않아도 먼저 만류했다. 그렇게 가장 큰 방에서 나머지 네 명의 아이들도 만족스럽게 지내왔다.

셋째가 첫째가 방을 얻었던 나이가 되는 사이, 한 명의 동생이 더 태어났다. 이제는 그때와는 달리 덩치까지 커진 아이들 다섯 명이 한 방을 쓰고 있다. 그런데 신기한 것은 셋째와 넷째가 여전히 자기 방이 굳이 필요가 없단다. 셋째와 넷째를 위해 샀던 이층 침대도 오빠만 침대에서 자고 네 명의 아이들은 바닥에서 서로 부둥켜안고 잔다.

아직까지 말도 제일 많고 잇몸이 다 드러날 정도로 활짝 잘 웃는 오빠는 띠동갑 동생이 예뻐서 잠을 못 잘 정도로 동생을 많이 아낀다. 예쁘다는 표현을 짓궂은 장난으로 보여주는 오빠를 어린 동생들은 아주 귀찮아하지만, 오빠가 놀이터로 변하는 순간에는 두말할 것도 없이 오빠의 팬클럽이 된다. 오빠가 장난을 칠 때마다 오빠를 내다 버리라고 하다가도, 오빠가 안 보이면 찾는다. 동화 속 무서운 망태할아버지가 잡아갔다고 큰 언니들이 장난을 치면 오빠를 찾아와야 한다고 오열하는 동생들이다.

넷째가 지금의 어린 동생들 같았던 어느 날 "오빠를 한마디로 표현하면 뭐라고 말할래?"라고 물은 적이 있다. 넷째는 서슴지 않고 "놀이터"라고 했다. 바로 위아래 남매라 많이 싸우기도 했지만, 홈스쿨링을 하면서 사실 오빠만 한 친구도 없었다. 옆에 있으면 너무 귀찮고 싫어도, 없으면 또 허전하고 심심하고, 그래서 결국에는 오빠가 있으면 좋겠다고 하는 그런 사이였다. 지금도 한참 어린 세 동생들에게 오빠는 없으면 안 되는 형제이면서 동시에 놀이터다.

오빠는 비행기는 기본이고 두 팔 잡아 빙빙 돌려주는 놀이기구가 되어주는 것도 마다하지 않는다. 이층 침대 계단 사이에 몸을 욱여넣어 배로 계단을 감싼, '등미끄럼틀'이 되어주기도 한다. 욕조에 물을 채운 뒤, 닭 사료통으로 산 플라스틱 드럼통을 띄우고, 그 속에 어린 동생들을 태워 아주 스릴 넘치는 즐거움도 선사했다. 동생들이 심심해할 때면 보자기를 엮어 만든 썰매를 신나게 태워주기도 했다. 놀이동산 부럽지 않은 이 썰매를 동생들은 아주 좋아했다.

이 '오빠 놀이터'를 그냥 이용할 수는 없다. 이용하려면 반드시 티켓이 필요하다. 그 티켓은 바로 '나는 오빠를 좋아해'를 외치는 것이다. 평소 짓궂은 장난 때문에 안 좋았던 오빠에 대한 기억이 '나는 오빠를 좋아해'를 외치면 낙엽처럼 날아가버리나 보다. 너무 신이 난 동생들은 망설이지 않고 아낌없이 "나는 오빠를 좋아해!"를 외친다. 비행기를 탈 때마다, 두 팔 잡아 빙빙 돌려줄 때마다, 썰매를 한 번씩 탈 때마다, '나는 오빠를 좋아해' 티켓을 앞다투어 내민다.

탐험놀이를 할 때도 마찬가지다. 동생들은 노란 보자기를 한 장씩 두르고 막대기를 손에 든 채 차렷 자세를 한다. 이렇게 탐험 준비를 마치면 동생들은 오빠를 향해 충성을 맹세하듯 "대장님!" 하고 큰 소리로 합창한다. 대장인 오빠는 대원들에게 탐험대 암호로 '나는 오빠를 좋아해'를 시킨다. 탐험을 하며 집 안 곳곳에 이를 때마다 "나는 오빠를 좋아해!"를 외치는 소리가 연신 들린다.

오빠 놀이터는 한여름 농막에서도, 한겨울 얼음판에서도 영업 중이다. 여름날, 오빠는 동생들을 위해 밭에 있는 수돗가를 물놀이장으로 만들어주었다. 그늘을 위해 작은 파라솔을 수돗가 옆에 세웠고, 파라솔 기둥에는 밭에 물을 뿌리는 스프레이건을 달아 시원한 지하수가 머리 위에서 뿜어져 나오게 만들었다. 비닐 천막을 수돗가 바닥에 깔고는 물을 채운 뒤, 바로 앞 계곡에서 물고기를 잡아 풀어놓았다. 물고기와 함께 물놀이도 하고 잡은 물고기를 다시 계곡에 보내주기도 하면서 동생들을 즐겁게 해주었다. 물미끄럼틀도 기발하게 고안해냈는데, 나무판자에 비닐 포대를 씌어 평상과 수돗가 사이에 걸쳐놓고는 그 위에 물이 흐르게 만든 것이다. 이렇게 만들어진 오빠표 핸드메이드 물놀이장은 동생들에게 최고의 여름 선물이 되었다.

함박눈이 온 겨울에는 농막 뒤에 있는 비탈진 언덕에 동생들을 데리고 가 눈썰매를 안전하게 탈 수 있도록 썰매 탈 자리를 봐주었다. 한번은 동네에서 논에 물을 가득 대서 얼음 썰매장을 만들어주셨는데, 오빠는 마치 썰매를 끌어주러 태어나기라도 한 것처럼 네 명의 여동생을 한 썰매에 태워 신나게 달리고 또 달렸다. 셋째는 이렇게 어디서든 재미난 것이 보이면 동생들을 위해 놀이터를 만들어주고 때로는 기꺼이 놀이터가 되어주곤 했다.

오빠와 동생들의 추억이 쌓이는 사이, 아파트에서 밭으로 이사한 닭들은 알을 많이 낳았다. 일부는 알을 품어서 병아리들이 태어나기도 했다. 닭들의 아빠인 오빠 덕분에 어린 동생들은 닭장에서 알을 꺼내보거나 노란 털이 보드라운 병아리를 만져보는 등 생명의 신비로움을 느끼는 기쁨도 누렸다. 오빠한테 받은 사랑에 답례라도 하듯, 동생들은 밭에서 땅을 파 굼벵이를 잡거나 풀벌레들을 잡아 닭에게 선물하기도 했다. 물론 닭장 입장료도 '나는 오빠를 좋아해'이다.

그런데 이제 동생들도 컸다고 순순히 '나는 오빠를 좋아해'를 외치지 않는다. 동생들이 좋아하는 피자를 산 오빠가 '나는 오빠를 좋아해'를 말해야 피자를 줄 수가 있다고 하니 막내가 한참 고민하다가 "그럼 오늘만 좋아할 거야" 한다. 여섯째는 오히려 "피자 안 주면 오빠 안 좋아할 거야" 하고 맞받아친다. 익살스런 동생들의 말에 웃음을 참지 못하다가도, 끝내 "나는 오빠를 좋아해"라는 말을 듣고야 마는 오빠는 동생들의 사랑바라기이다.

동생들에 대한 사랑과 하나밖에 없는 오빠를 싫어한다고 하면서도 내심 아끼는 동생들의 사랑 덕분일까? 오빠에게는 아직까지도 사춘기가 없다. 어떻게 해서든 동생들을 재미있게 해주려고 오빠는 오늘도 연구 중이고, 대기 중이다.

****

웰컴 홈

****

Welcome Home

첫째가 열한 살이 되던 해, 당시 막내였던 넷째가 두 돌이 지나면서 기저귀를 거의 떼게 되었다. 여유가 조금 생기자 '이제 홈스쿨링을 제대로 해봐야겠다'는 새로운 다짐이 솟아올랐다.

새해 달력과 함께 항상 마음의 짐으로 남아 있던 수학 문제집을 꺼냈다. 4학년 나이에 3학년 수학부터 다시 시작하려니 마음이 바빴고 1년 열두 달도 부족해 보였다. 촘촘한 계획이 있어야 실천을 제대로 할 수 있을 것 같았다. 아이들을 앉혀놓고 각자에게 맞는 수학 1년 진도표를 문제집의 페이지 수에 맞추어 아주 계획성 있게 짰다.

그런데 한 달 후 전혀 예기치 못한 일이 발생했다. 아이들의 외할아버지가 후두암 말기 진단을 받은 것이다. 지방 큰 병원에

서조차 수술이 불가하여 수술을 원하면 서울로 가라는 권유를 받았다. 후두암을 염증으로 잘못 진단해서 몇 년의 시간을 허비했고, 처음 암을 진단받았을 때는 이미 말기였다.

진단 후 바로 부모님을 모시고 서울 우리 집으로 올라왔고, 아버지는 서울의 큰 대학병원에서 수술을 받으셨다. 수술 후 한 달 남짓한 시간 동안, 나는 병원을 드나들며 아버지를 돌보는 일에 전념했다. 몸이 약한 외할머니는 집에서 아이들을 돌봐주셨다.

수술은 기대 이상으로 아주 성공적이었다. 목에 구멍을 내고 영구적으로 목소리를 잃게 될 상황이었으나, 성대 없이도 성대 주변의 살을 울려 힘들지만 아주 작은 소리를 낼 수 있게 되었다. 그러나 퇴원 후에도 한 달 넘게 매일같이 방사선 치료와 항암을 받는 아버지를 돌봐드려야했다. 가끔씩 어머니가 지방에 있는 집에 일이 있어서 내려가실 때는 아이들과 아버지를 혼자 감당해야 했다.

어느 정도 몸을 추스르시고 집으로 내려가셨는데 급하게 연락이 왔다. 내려가신 지 한 달 만에 쓰러지신 것이다. 당뇨로 치솟는 혈당 때문에 잘 드시지 않아서 몸이 거의 뼈만 남은 상태로 영양실조가 온 것이 원인이었다.

아버지를 다시 서울로 모시고 왔고, 그해 겨울 크리스마스가 오기까지 아버지는 우리 집에서 함께 시간을 보내게 되었다. 아버지는 후두암 수술이라 음식물을 넘기기 힘들었기에 아침마다 곱게 간 죽을 만드는 것으로 하루가 시작되었다. 당뇨 때문에 식

재료에 많은 신경을 써야 했고 산책도 시켜드려야 했다.

일으키기도 힘든 몸이었지만 아버지는 삶에 대한 의욕이 아주 강해서 아이들과 함께 종종 한강에 나가셨다. 세 살 막내보다도 훨씬 느린 할아버지에게 보조를 맞추어 쉬엄쉬엄 걷다 보면 평소에 신나는 아이들의 달음질로 30분이면 닿을 거리가 반나절을 걸어도 아득히 멀었다. 그래도 아이들은 할아버지 발걸음의 속도에 맞춰 산책을 마치고 돌아오곤 했다. 할아버지의 기운을 북돋우려는 듯, 할아버지 앞에서 뛰어가다 다시 돌아오거나 가만히 있기 힘든 발을 연신 구르며 앞으로 달려나갔다 돌아오기를 반복하면서 말이다.

이렇게 1년 가까이 아버지를 돌보는 동안 나는 때때로 힘에 부쳤다. 하지만 아이들은 외할아버지, 외할머니와 한집에서 지내는 것이 신나 보였다. 여느 때보다 더 많이 웃고 재잘거리는 통에 나도 무거운 마음이 가벼워졌고, 웃을 일 없는 어머니의 입가에도 미소가 돌았다. 우울한 적막이 아닌 아이들의 웃음소리가 분명 투병 중인 아버지에게도 삶에 대한 의욕과 생기를 주었으리라.

한번은 식사 때마다 외할아버지가 식탁에 오시기 전 외할아버지의 옆자리를 일찌감치 사수하는 첫째에게 물었다. 왜 할아버지 옆자리에 항상 먼저 와서 앉는지 말이다. 아버지는 가래 때문에 식사가 어려워 가래통을 옆에 놓고 연신 가래를 뱉어가며 식사를 하셨다. 그런 상황에서 옆에 앉아 식사를 한다는 것은 딸인 나에게도 매우 힘든 일이었다. 첫째는 대답했다. "만일 할아버지가 먼저 오셨는데 동생들이 할아버지 옆에 안 앉으면 혹시라도 상처가 되실까 봐 제가 항상 먼저 와서 옆자리에 앉는 거예요."

투병이 끝나고 외할아버지가 매일 수학을 가르쳐주실 때도 후두암 수술 때문에 목과 입에서 나는 냄새를 보통은 옆에서 견디기 힘들어한다. 그때도 첫째는 외할아버지 옆에 바짝 붙어서 설명을 귀담아들었다. 나는 또 신기해서 조심스레 "할아버지 입에서 나는 냄새가 괜찮으냐" 물었다. 딸이 말하길 "할아버지가 들이마실 때 같이 들이마시고 내쉴 때 같이 내쉬면 돼요" 한다.

그때까지도 나는 '홈스쿨링'에서 '스쿨링'에 많은 부담과 무게를 갖고 있었다. 아버지의 투병 생활은 그런 내게 홈스쿨링이란 가족이 그저 서로 사랑하며 가족답게 살아가는 과정이라는 것을 가르쳐주었다. 1년 동안 아이들은 학습적인 공부는 하지 못했고, 1년치 달력에 써놓았던 촘촘한 수학 페이지도 공들여 끄적댄 낙서처럼 되어버렸다. 하지만 아이들은 외조부모에 대한 사랑을 '배려'로 표현하는 법을 배웠고, 힘든 투병의 그늘도 가족의 따뜻한 사랑이라는 울타리를 넘지 못한다는 것을 경험하게 되었다. 이제 아이들은 외할머니, 외할아버지의 키를 훌쩍 넘게 커버렸지만, 지금도 두 분을 끔찍이 아끼고 위한다. 나도 어색해서 하지 못하는 "사랑해요"라는 말을 안부 전화를 드릴 때마다 입에 달고 있다.

아이들이 어릴 적에는 뭘 잘하고 못하고 때문에 아이들과 신경전을 벌였다. 아이들의 학습력이 홈스쿨링의 열매라고 착각할 때도 있었다. 그러나 시간이 지날수록 홈스쿨링을 함께한 엄마들과 고민을 나눌 때, 우리가 정말로 고민하는 것은 '어떤 집을 만들고 있는가'였다는 것을 발견했다. 우리가 아이들에게 가졌던 공부에 대한 염려가 얼마나 쓸데없는 걱정이었는지 깨달은 것이다.

아이들이 커갈수록 우리는 '우리가 만들어가고 있는 집이, 아이들이 세상에 나가서 힘들고 어려울 때 생각나고 언제든 돌아오고 싶고 또 돌아올 수 있는 가장 따뜻하고 편안한 곳인가?'를 생각하게 되었다. 부모가 최선을 다해서 키우더라도 진로를 찾아 집을 떠난 아이들이 밟게 된 세상에는 감당하기 힘든 상황들이 많이 있다. 홈스쿨링을 하며 만난 예기치 못한 상황들과는 비교가 되지 않을 정도로 말이다. 대학에 가면 홈스쿨을 졸업할 것 같았지만 세상에 나간 아이들에게는 돌아오고 싶고 돌아올 수 있는 따뜻한 집이 더욱 필요했다.

부모의 사랑은 졸업이 없다. 홈스쿨링은 세상의 어떤 겨울도 녹일 수 있는 가족이 되는 것이다. 그리고 그 가족이 봄날의 햇살 같은, 가정이라는 울타리를 함께 만드는 것이다. 오랜 시간 홈스쿨링을 함께한 우리 부모들이 각자의 마음속에 함께 품은 고백이다. 어떤 경우에도 포기하지 않는 아이들을 향한 사랑과 나를 내어주는 눈물의 기도가 이 울타리를 만드는 재료였음을 서로가 잘 알고 있다. 그래서 눈빛만 나눠도 서로의 마음에 큰 위로가 된다.

남편과 나는 홈스쿨링을 통해 우리 가정이 그렇게 되길 바라면서 현관문을 열자마자 마주하는 벽에 큰 글씨를 새겨 놓았다. "WELCOME HOME" 우리 부부가 홈스쿨링을 통해 이루고 싶은 소망이자 우리 자녀들에게도 물려주고 싶은 유산이다.

'애기 충전이'
첫째의 진로 찾기

"아, 애기 충전이다!"

유치원에서 퇴근한 첫째가 현관문을 열면 집에 있던 세 어린 동생들은 여기저기로 흩어져 숨는다. 맹수를 피하려는 동물들처럼 외마디 비명을 지르며 각자도생할 요량으로 말이다.

'애기 충전이'는 세 어린 동생들이 부르는 첫째의 별명이다. 말 그대로 '애기한테서 충전받는다'는 뜻이다. 퇴근한 첫째가 가장 먼저 하는 일이 동생들의 별명을 부르며 끌어안고 뽀뽀 세례를 하는 것이기 때문이다. 하루 종일 아이들을 돌보다 왔을 텐데, 집에 오면 어디서 그런 새로운 힘이 또 나는지 하염없이 동생들을 안고 쓰다듬는다.

유치원에 아이들이 앉아 있는 것만 봐도 힐링이 된다는 첫째는, 나중에 결혼해서 아기를 낳으면 반드시 자기 손으로 키우겠다고 한다. 이렇게 예쁜 아이들을 엄마들은 정작 아침과 저녁에만 보고, 낮 동안은 선생님인 자기 혼자 다 보는 것이 너무 안타깝다는 것이다. 그러면서 집에 와서도 조잘조잘 유치원 아이들 이야기를 한다. 보통 집에서는 회사 이야기를 안 하고 싶다던데, 집에서도 유치원 아이들을 생각하며 행복해하는 걸 보면 천직이구나 싶다.

첫째가 취직한 유치원은 이렇다. 지금은 우리가 다른 곳으로 이사했지만 홈스쿨링을 시작하던 시기에 살던 우리 아파트 라인 바로 아래에 있던 유치원이다. 6층에 살았기에 집에서 내려다보면 유치원 아이들의 야외 놀이를 다 볼 수 있었고 창문을 열면 아이들의 노랫소리도 들렸다.

큰 아이들 셋이 발코니 창살에 매달려 이따금씩 유치원을 내려다보곤 했다. 하루는 유치원 아이들이 "대, 한민국!" 하니까 셋째가 "짜잔, 짜! 잔! 짜!" 한다. 너무 큰 소리의 화답이라 유치원 아이들이 어디서 나는 소리인지 밖을 내다보는 것이 보였다. 어느 추석 즈음엔 유치원 아이들이 한복을 입고 등원을 했다. 당시 유치원에 다닐 나이였던 둘째가 부러운 눈빛으로 아이들을 내려다보기에 "우리도 한복 입고 외출할까?" 했더니 신나게 그러자고 한다. 첫째와 둘째에게 한복을 입히고 사 남매와 함께 대학로에 가서 맛있는 점심을 먹었다. 돌아오는 길에는 예쁜 구두도 사 신겼다.

바로 그 유치원에 취직한 첫째가 말했다. "사실 엄마, 저 어렸을 때, 나중에 크면 이 유치원에 합법적으로 꼭 들어가봐야지 하고 결심했었어요." 결심한다고 될 일은 아닌데 늘 내려다보던 유치원에 선생님으로 가다니 신기할 따름이다.

첫째는 자기 인생에서 기저귀를 떼는 순간부터 줄곧 어린 동생이 있어 왔다. 성인이 되기 전까지 성장기를 보내는 내내 엄마의 임신과 출산의 시간을 고스란히 함께한 것이다. 동생들을 많이 돌보게 해서 미안할 때도 있었다. 그런 딸이 홈스쿨링을 하면서 자기가 좋아하는 일과 소질을 발견하게 되었다고 한다. 학교에 갔더라면 소심해서 주눅이 들 성격이었는데 자기의 고유한 캐릭터가 살아서 너무 감사하다고 한다.

지금도 연휴나 쉬는 날이면 어린 동생들을 데리고 즐거운 나들이를 계획하곤 한다. 첫째와 둘째가 함께 어린 동생들을 데리고 아쿠아리움에도 가고, 어린이 체험전에도 간다. 때로는 어린 동생들이 있다는 것을 부러워하는 첫째의 친구도 함께 동생들을 데리고 어린이공원에 가기도 한다.

나이가 들어 아이들을 데리고 돌아다니기 힘든 나를 대신해서 아이들에게 즐거운 시간을 많이 만들어주고 있다. 첫째가 어린 동생들 손을 잡고 함께 나가면, 옆에 내가 있음에도 사람들은 첫째를 엄마라고 생각하고 어린 나이에 아이를 많이 낳았다는 오해를 하기도 한다. 그래도 첫째는 호탕하게 웃어 재낀다. 한번은 어린이 체험전에서 무료로 찍어주는 가족사진을 찍고자 했다. 앞줄에는 다섯째, 여섯째, 일곱째가, 뒷줄에는 나와 첫째, 둘째가 섰다. 그러자 사진 기사님이 "오늘 어머니들 모임 하셨네요" 한다. 이날도 첫째는 연신 '어머니' 소리를 들으며 다녔다.

아이들을 귀하게 여기는 지인이 우리 가족에게 에버랜드 티켓을 식구 수만큼 주셨다. 온 가족이 함께 가기 위해 날을 잡았는데, 하필 그날 김장을 해야만 해서 급하게 추석 연휴로 날짜를 바꾸어 가게 됐다. 급히 날을 잡느라 아르바이트를 옮기지 못한 둘째를 빼고 여덟 식구가 에버랜드로 향했다.

비가 왔다. 그래도 어린 동생들은 난생처음 가는 에버랜드였고, 나도 20년 만에 가는 길이라 다들 들뜨고 즐거운 날이었다. 한 시간 이상 기다리는 줄에서도 아이들은 퀴즈를 내고 이야기를 나누며 지루한 줄 모르고 시간을 즐겁게 보냈다. 그냥 따라다니는 것도 힘에 부치는 나와 남편을 위해 첫째는 어린 동생들을 잃어버리지 않도록 진두지휘하며 부지런히 놀이기구를 타러 다녔다.

집에서 저녁을 먹기 위해 해질 때쯤 에버랜드를 나왔는데 첫째가 넷째가 먹고 싶어 하는 음식을 배달시켜도 되겠냐고 묻는다. 평소엔 잘 허락하지 않았던 음식이지만 하루 종일 동생들 챙기느라 고생했으니 먹고 싶은 것을 먹으라고 했다. 식사를 마치고 나서 첫째에게 수고했다고 칭찬하고 어린 동생들에게도 떼 안 쓰고 잘 다녀서 고맙다고 칭찬했다. 그랬더니 첫째가 나를 동그란 눈으로 뚫어져라 쳐다보며 말한다. "엄마, 오늘 가장 많이 칭찬받아야 하는 사람은 넷째예요. 그 나이에 혼자 타고 싶은 것도 있었을 텐데, 오늘 종일 동생들과 함께 놀이기구를 타고 동생들을 챙겼어요. 그래서 제가 먹고 싶다는 거 사준 거예요.” 순간 엄마로서 부끄러웠다. 비가 와서 놀이기구 운행에 제한이 있긴 했지만 종일 자기 하고 싶은 것보다 언니와 함께 동생들을 챙겨준 넷째가 그제야 보였다. 때로는 엄마보다 나은 큰딸이다.

어린 시절을 돌아보면, 엉뚱하고 답답하고 정말이지 내 마음을 너무 어렵게 하는 아이라 생각해서 많이 나무랐던 것이 참 미안해졌다. 밖에서도 집에서도 분위기 메이커인 첫째에게 물었다. “너는 어떻게 그렇게 사람들 앞에서 늘 당당하니?” 첫째가 대답했다. “저는 다른 사람이 저를 싫어할 거라는 생각을 한 번도 해본 적이 없어요. 저를 만나는 사람은 다 저를 좋아할 수밖에 없을 거라고 생각해요.” 생각지 못한 당찬 대답에 약간은 어이없는 웃음을 지으며 내가 다시 물었다. “도대체 그 생각의 근거는 뭐니?” 그러자 첫째가 답한다. “저도 제가 좋으니까요. 저의 단점을 저도 잘 아는데 그럼에도 저는 제가 좋아요. 그런데 저의 단점을 잘 모르는 잠깐 만나는 사람들은 제가 얼마나 좋겠어요?” 오히려 되묻는 첫째의 말에 남편과 나는 “하하하” 하고 웃음이 터져버렸다.

자기는 그랬단다. 재수종합학원에 다닐 때도 자기 스스로를 많이 격려했다고. ‘어제도 이 자리에 와 있었는데, 힘들지만 오늘도 내가 이 자리에 이렇게 앉아 있구나’ 하고 말이다. 성적과는 무관하게, 쉽지 않은 그 일을 여전히 하고 있는 자신을 스스로 칭찬하고 있었다는 사실에 나는 내심 나보다 낫구나 싶었다.

휴학도 한 번 안 해보고 바로 취업을 선택하는 첫째에게 나중에 아쉬움이 없겠냐고 물었다. 첫째는 홈스쿨링할 때 실컷 놀아봐서 그런지 자기가 그토록 하고 싶었던 일을 하루라도 빨리 해보고 싶다고 했다. 그 일을 생각하면 오히려 기대가 되고 즐겁다면서 짧은 대학 생활에 마침표를 찍고 유치원에 들어갔다.

'학교를 안 다니고 사람 구실을 하겠는가?' 주변 사람들의 의심과 염려의 눈초리를 뒤로하고 딸은 7남매의 장녀답게 매달 거금의 생활비도 주고 동생들 용돈도 챙겨주고 있다.

＊＊＊＊＊＊＊＊＊＊＊＊＊＊＊＊＊＊＊＊＊

'육아 시즌 2'에 누린
선물 같은 순간들

＊＊＊＊＊＊＊＊＊＊＊＊＊＊＊＊＊＊＊＊＊

나이 차이가 많은 어린 동생들의 재롱은 큰 아이들을 방 밖으로 불러냈고 사춘기를 무탈하게 지나게 해주었다. 형제가 많은 데다가 다들 집에서 함께 시간을 보내니 잘못된 길로 갈 수도 없었다. CCTV와 같은 감시의 눈초리가 여기저기서 번뜩이고 있기 때문이었다.

그건 나에게도 마찬가지였다. 초코파이 하나라도 아이들 몰래 먹으려면 발코니에 나가 숨어서 먹어야 했다. 한데 그마저도 들키기 일쑤였다. 시치미를 떼도 냄새가 난단다. 한번은 혼자 껌을 씹다가 들켰다. 뭔가 입 모양이 이상한지 다가와 "엄마, 아, 해보세요" 한다. 나는 껌을 혀 밑에 감추고 입을 벌려 보였다. 그랬더니 "엄마, 혀 좀 들어보세요" 한다.

이렇게 옆에 붙어 있는 것이 징글징글할 때도 있었지만, 시간이 많이 흐른 지금 우리 부부 옆에는 이제 다섯째, 여섯째, 일곱째 세 아이만 남아 있다. 이 아이들이 아니었다면 늦은 시간 귀가 중인 큰 아이들을 기다리며 우리 부부는 멀뚱히 서로만 마주하고 있었을 것이다.

그런데 세 아이들만 데리고 나가도 사람들은 "어머나, 딸이 셋이에요?" 하며 부러움 섞인 감탄을 한다. 그러면 나는 멋쩍게 "아, 네에" 하고 끝말을 흐리며 대답하곤 한다. 이 대답에 언제나처럼 세 꼬마는 화를 낸다. "집에 더 있잖아요. 그런데 왜 거짓말해요?" "알았어. 다음엔 꼭 더 있다고 말할게." 그래도 굳이 더 있다는 말을 하기가 부담스럽다. 한번은 식당에서 사장님이 말을 걸었다. "어머나, 딸이 셋이에요? 너무 예쁘다." 그런데 여섯째가 나 대신 "집에 더 있어요" 한다. 한차례 설명이 들어가자, 사장님이 재미있어 하면서 국밥 한 그릇을 덤으로 포장해주었다.

젊었을 때는 여기저기 참 많이도 아이들을 데리고 다녔다. 그런데 이제 나이가 드니 체력에 한계가 있다. 게다가 다섯째, 여섯째, 일곱째는 처음 경험하는 일일지라도 나는 이미 다 해봤던 터라 시큰둥하다. 그러다 보니 큰 아이들 때는 뻔질나게 다녔던 그 흔한 박물관도 꼭 가야 하는 경우를 제외하고는 일부러 찾아다니지 않는다. 큰 아이들이 지금에 와서야 말하길, 왜 그렇게 지겹게 박물관을 찾아다녔냐는 것이다. 특히 집 가까운 곳에 아주 유명한 박물관이 있는데 갈 데가 없으면 그곳에 가곤 했다.

나는 그 박물관이 추억의 장소가 되어 있을 줄 알았는데 큰 아이들은 지겨워서 근처에도 가기 싫단다. 아이들에게 추억으로 남은 박물관은 아빠와 함께 탐험하듯이 떠난 영월의 아주 작은 박물관들뿐이란다.

나를 불안하게 만들었던 사교육도 지금은 안 한다. 지금 아이들이 하고 있는 사교육은 인터넷 영어 학습이 전부다. 아이디를 4개나 주는 사이트라 한 달에 3만 원이 안 되는 돈으로 세 아이가 공부할 수 있다. 그런데 셋이 같은 내용을 보다 보니 서로 영어로 대화를 한다. 큰 아이들 때는 영어 공부를 잘 시켜야 한다는 압박감 때문에 나름대로 이름 있는 영어를 경제적 부담을 감수하며 시켰다. 그런데 도루묵이었다. 첫째가 농담 삼아 말한다. 자기들은 왜 비싼 영어를 시켰냐고. 그냥 싼 것으로 시켰으면 잘했을 거라고.

홈스쿨링 모임에 오케스트라가 있었다. 들고 다니는 악기 하나쯤은 시키는 것이 그 당시의 분위기였다. 그래서 전문가 수준은 아니어도 남들이 하는 만큼은 가르쳐야 한다는 생각에 아이들에게 바이올린과 플루트를 가르쳤다. 없는 돈을 짜내서 가르쳤건만, 바이올린 가방은 먼지로 덮여 있고 플루트는 집에 돌아다니는 피리만도 못한 대접을 받고 있다.

피아노를 아주 잘 치던 둘째가 열네 살이 되자 학원을 그만두려고 했다. 전공은 아니더라도 실력을 계속 유지했으면 하는 바람으로 피아노학원을 꾸준히 다니기를 권유했다. 그런데 둘째가 단칼에 거절한다. "제가 배우고자 계획한 선은 여기까지예요. 그렇게 좋으면 엄마가 다니세요." 그 뒤로 더는 말하지 않았다. 태권도 사범까지 가길 원했던 셋째도 3단에서 그만두었다. 자기도 딱 여기까지란다. 전혀 미련이 없단다. 아쉬워하는 건 나뿐이었다.

어려운 신혼살림이었지만, 피아노는 가르쳐야 할 것 같아서 첫째를 피아노 학원에 등록시켰다. 그런데 첫째는 울리는 소리가 무서워서 학원에 못 가겠다고 했다. 그래도 나는 포기하지 않고 학원에 등록을 시키다 말다 반복하다가 결국은 포기했다. 그런데 첫째가 선생님이 되어 유치원에 간다고 했을 때 "피아노는?" 하고 물었다. 내 시절에 유치원 교사는 반드시 동요 정도는 칠 줄 알아야 했기 때문이다. 딸이 툭 던지듯 말한다. "MR이 있어요." 웃음이 났다. 다 길이 있구나. 지금 어린 세 딸들은 엄마표 레슨으로 아주 천천히 집에서 피아노를 배우고 있다. 진도를 중요하게 여겼을 때는 할 수 없는 일이었는데 아이들과 함께 도란도란 피아노 앞에 앉아 있는 일을 즐기니 가능해졌다.

큰 아이들이 어렸을 때, 백과사전처럼 생긴 아주 유명한 세계사 전집을 바자회에서 사 온 적이 있다. 아무리 보라고 말해도 안 보길래 몇 해가 지나서 버리려다가 친구 아들에게 주려고 전화를 하려던 참이었다. 아이들이 막아서며 이구동성으로 말했다. "엄마, 걔가 달라고 하지도 않았는데 왜 줘서 걔를 괴롭히려고 해요. 그거 주면 이모가 엄마처럼 책 보라고 또 스트레스를 줄 거 아니에요.” 그 말을 듣고 나는 미련 없이 책을 버렸다. 우습지만, 어린 동생들을 키우면서 그 책을 버린 것이 가끔 아쉽다는 생각이 들기도 한다.

지난 시절 이야기를 하던 중에 이제 와서 첫째가 웃으며 말한다. “아, 그때, 내가 수학을 못하는데 엄마가 집을 나가서 진짜 이해가 안 됐어요. 수학은 내가 못하는데 엄마가 왜 집을 나갔어요?” 나는 그때 아무리 설명해도 아이가 못 알아듣는 게 너무 답답했다. 계속 옆에 있다가는 책을 집어 던질 것 같았다. 내가 나가면 공부를 제대로 해야겠다고 충격을 좀 받겠지 싶어서 집을 나갔는데 전혀 쓸데없는 짓을 한 것이다. “그래, 수학은 네가 못하는데 내가 왜 집을 나갔을까?” 하며 나도 따라 웃었다.

그때는 젊었기에 열정이 커서 이것저것 배워 오는 것이 많았다. 나는 아이들을 앉혀놓고 “있잖아” 하면서 입을 뗐고, 앞으로 함께 시도하고 싶은 새로운 일을 이야기하려 했다. 그러면 아이들이 말했다. “엄마, 또 뭐 배워 왔죠? 제발 배워 오지 좀 마세요.” 조바심을 내며 아이들에게 주려 했던 것들과 내 열정으로 밀어 넣었던 것들이 시간이 지나니 다 어디론가 사라지고 흔적도 보이지 않는다.

그래서인지 체력도 체력이지만 나에게 시즌 2와 같은 다섯째, 여섯째, 일곱째와 주로 다니는 곳은 밭이 전부다. 큰 아이들과 다녔던 한강 수영장이나 실내 수영장에는 가보지 않았다. 대신 여름이면 밭 바로 앞에 있는 계곡에서 살았다. 아마도 이 아이들은 '수영장' 하면 계곡을 떠올릴 것 같다. 계곡의 물은 변화무쌍해, 물길이 부드러울 때도 있지만 장마가 지고 나면 물살이 아주 세진다. 계곡의 지형 또한 굴곡 많은 인생처럼 다양하다. 물이 깊은 곳과 얕은 곳, 폭이 좁은 곳과 넓은 곳, 평평한 곳과 울퉁불퉁한 곳. 그래서 이 변화와 다양함이 아이들에게 훌륭한 놀이터를 제공한다.

아무리 못 가도 큰 아이들은 간혹 예술의전당이나 다양한 공연장에서 공연을 관람했다. 그런데 어린 동생들은 밭에서 나뭇잎과 풀잎이 바람에 흔들리는 소리, 물소리, 새소리, 개구리 소리, 벌레 소리, 닭 우는 소리 등 자연이 주는 소리를 듣는다. 막 태어난 것 같은 연두색 나뭇잎 사이를 뚫고 들어오는 햇빛 아래서 밭에 나는 나물을 뜯고 길가에 앵두와 오디를 따며 밭 옆에 있는 할아버지네 집 강아지 재롱이의 동무가 되어 지내고 있다.

남은 세 아이들을 벗 삼아 이제는 떠들썩한 곳을 떠나 한적한 곳에서 바람과 물과 흙을 느끼고 만지며 지내는 시간이 좋다. 밭에 다녀오는 길에 시원한 바람을 가르고 들어오는 햇살이 예쁘다. 한강변을 지나쳐 집으로 향하는 길인데 오리배들이 정박해 있다. "와, 오늘 오리배 타기 좋은 날인데 한번 타볼까?" 큰 아이들은 그 시절에 여러 번 탔던 것을 이 시즌 2의 세 아이들은 늘 지나다녀도 보기만 했지, 한 번도 타보지 못했다. 신이 난 아이들과 함께 오리배를 타며 강변에 흐드러진 버드나무 아래서 낚시하는 아저씨들도 보고 하늘 위로 나는 새떼도 보았다. 그렇게

하늘과 강 사이에서 마음을 따뜻하게 보듬어주는 햇살을 누리
다 왔다.

이 자유가 참 좋다. 오늘 내가 누리는 이 자유와 여유는 늦은
나이에 낳은 이 '작은 아씨들'이 나에게 주는 또 다른 선물이다.
존재 자체가 선물인데도, 나에게 이 많은 선물을 또 준다.

아이가 일곱 명. 닮은 것 같은데 각자 다 독특한 다른 사람들
이다. 나는 그 다른 사람들을 통해 다양한 세상을 보며 일곱 번
의 인생을 사는 것 같다. 이 다양하고 아름다운 사람들이 나를
엄마라고 부른다. 엄마를 한마디로 표현하면 '사랑'이란다. 나를
이렇게 불러주는 아이들이 있으니 세상에 나보다 행복한 사람
이 있을까?

3부

–

<u>스스로</u>
성장하는 아이들

"내일이 온다니,
정말 기쁘지 않아요?"

대학 시절에 잠시 뉴질랜드에 머물렀던 적이 있었다. 룸메이트가 8남매의 맏이였고 홈스쿨링을 한다고 했다. 가족 신문을 만들었다며 보여주었다. 두 살 아이부터 룸메이트까지, 동생들 얼굴 사진이 마치 전깃줄에 참새들이 앉아 있듯 나란히 붙어 있었다.

이 많은 아이가 학교를 안 가고 다 집에 있다고? 나는 정말이지 이게 실화인가 싶었다. 그러나 뉴질랜드는 워낙 자연환경이 뛰어나고, 또 집에서 학교가 멀다고 하니 그럴 수도 있겠다 생각했다. 룸메이트와 홈스쿨링에 대한 대화는 이걸로 끝이었다. 나와 관계될 일이 있을 거라고는 꿈에서도 생각하지 못했기 때문에 더 이상 궁금한 것도 물어볼 것도 없었다.

그런데 내가 20여 년간 7남매를 낳고 이제껏 홈스쿨링을 하고 있다. 그것도 콘크리트로 둘러싸인 도심 한가운데 아파트 단지에서 말이다. 유치원과 어린이집, 학교로 둘러싸인 곳에서 홈스쿨링을 하게 될 줄이야.

길가에 있는 풀 한 포기, 꽃 한 송이 마음껏 들여다보고 그 안에 있는 생명력에 감탄할 여유가 없는 환경에서 홈스쿨링을 한다는 것이 쉬운 일은 아니었다. 그래서 주말이면 아이들을 데리고 자연이 있는 곳으로 나갔다. 일주일에 하루씩 자연에서 보내는 시간은 홈스쿨링이라는 낯선 세계가 나에게 주었던 불안과 스트레스를 잠시나마 해소해주었다. 하지만 평일이면 공교육 속에서 자란 나는 다시 불안감과 초조감에 사로잡히기 일쑤였다.

가장 불안하게 만들었던 문제는 아이들의 학업이었다. 아이들이 학교에 가지 않아도 또래 아이들과 비교했을 때 뒤처지지 않고 잘 클 수 있을지, 즉 '나중에 대학은 잘 갈 수 있을지'가 고민이었다. 이 문제에 대해 자신도 없고 답도 없었다. 주변의 시선도 그러했다. "대학은 어떻게 보내려고?" "공부는 어떻게 시키는데?" "엄마가 다 가르쳐?" "똑똑한 애를 집에만 둬서 바보 만드는 거 아니야?" 내 속에서 나오는 비교와 남들의 시선이 초창기에는 큰 스트레스였다. 그래서 말 그대로 학교를 집으로 가지고 왔다. 학교에 가지 않는 대신 학교에서 할 법한 것들을 집에서 하는 것이다. 학습지도 병행했다.

아이들이 커버린 지금에서야 대학이라는 것이 교육의 목표가 아니라 인생의 과정 중 하나라는 것을 깨달았다. 갈 수도, 안 갈 수도 있을 뿐 아니라, 입시가 아닌 다양한 방법으로 갈 수도 있다는 것을 알게 되었다. 하지만 홈스쿨링이 생소했던 그때는 이 문제로 인한 주변의 염려가 나를 많이 불안하게 했다.

더군다나 어린이집도 유치원도 다녀보지 않은 첫째는 내가 만든 시간표를 전혀 이해하지 못했다. 마냥 놀고만 싶은 나이여서인지, 나의 갖은 으름장에 전혀 요동하지 않고 아침 먹고 놀고, 점심 먹고 놀고, 저녁 먹고 놀고, 자기 전까지 놀았다. 어떤 날은 하루 종일 그림만 그리기도 했다. 내가 가르치는 수학 문제집도, 받아보는 학습지도 밀리기 일쑤였다. 혼나고 또 혼나도 밀리고 또 밀렸다.

첫째가 열 살 때의 일이다. 수학 문제를 푸는데 2학년에게 3학년보다 과자를 많이 준 문제가 나왔다. 왜 3학년보다 아래 학년인 2학년에게 더 주었는지 기분이 나쁘고 의도가 이해되지 않는단다. 어떤 의도도 없는 그냥 문제일 뿐이라고 해도 받아들여지지 않았다. 그래서 그날은 더 이상 수학을 공부할 수 없었다. 틀린 문제를 다시 확인해보고 왜 틀렸는지 생각해보라고 했더니 나한테 반문한다. 자기가 왜 이 문제를 다 알아야 하냐고. 왜 알아야 하는지에 대한 답을 못 주어 그날은 그걸로 또 끝이 났다.

아이의 학업 수준이 마치 나의 홈스쿨링 성적표처럼 여겨져서 공부에 대한 관심과 기준이 나와 다른 첫째를 보면 너무 속이 답답했다. 밀린 학습지를 하고 있으라는 암묵적인 지시를 주고 끓어오르는 열을 식히러 밖으로 나왔다. 서너 시간 후, 열을 식히고 현관문을 열자 첫째가 해처럼 밝은 웃음으로 나를 맞이하며 벅차오르는 목소리로 말한다. "엄마, 제가 아주 큰일을 해냈어요. 뭔지 한번 보실래요?" 나는 속으로 의아하면서도 나름 기대했다. '그 많은 밀린 숙제를 이 짧은 시간에 다 해냈다는 것인가?'

그런데 첫째가 뒤춤에 감추었던 무언가를 꺼낸다. 연이란다. A4 용지 가운데에 동그란 구멍을 뚫고 나무젓가락을 대각선으로 댄 후 실을 묶어 늘어뜨렸다. 동생들도 다 하나씩 만들어주었다며 뿌듯해한다. 연이 잘 난다고 발코니에 가서는 실을 난간 사이로 늘어뜨린다. 발코니 아래 대롱대롱 매달려서 실을 당길 때마다 허우적거리는 연을 보며 잘 난단다. 내 눈에는 낚시 같은데, 동생들도 덩달아 아주 신이 나서 잘 난다고 박수를 친다. 이런 연을 만든 누나가 너무 훌륭하단다.

흥을 깨기가 좀 부담스러운 분위기였지만, 그래도 첫째에게 '네가 지금 뭔가 잘못하고 있어'라는 주의를 주는 어투로 물었다. "엄마가 하라고 한 숙제는?" 딸이 대답한다 "아, 깜빡했어요." "어제 엄마와 세운 계획표를 가져와봐." 그러자 첫째가 주저하며 대답한다. "어디에다 뒀는지 기억이 안 나요. 잃어버린 것 같아요." 첫째는 또 혼이 났다. 아이들이 마냥 즐거웠던 그날이 나에게는 또 한숨짓는 날이었다. 나는 말없이 침묵의 화를 내며 딸이 잘못을 생각하고 반성하기를 바랐다.

잠자리에 들기 전, 첫째가 아주 행복해하며 세상 둘도 없는 해맑은 웃음으로 웃는다. 나는 첫째와 말하고 싶지 않았지만, 그렇게 혼났는데 도대체 왜 즐거운지 궁금해서 물어보았다. 그러자 이렇게 대답했다. "이제 곧 자고 나면 오늘 안 좋았던 기억은 다 사라지고 또 새로운 날이 오잖아요." 그래서 첫째는 내일이 오는 자기 전 시간이 좋단다.

아무리 안 좋은 일이 있어도 그것은 그날로 끝이요, 내일은 또 전혀 다른 새로운 날이 항상 기다리고 있다. 그러니 나한테 아무리 혼나도 혼내는 나만 지칠 뿐, 첫째는 전혀 지치지도 주눅이 들지도 않았던 것이다. 나에게는 차곡차곡 쌓여가는 하루였지만, 첫째에게는 시작과 끝이 있는 그날이 전부인 하루였다.

내가 대학을 목표로 계획표를 세워주고 학습거리를 제공하는 동안 아이는 자기에게 주어진 그 하루를 벅차고 즐겁게 지내려고 최선을 다했다. 홈스쿨링이 처음이었던 나는 이해되지 않는 아이의 행동을 통해 홈스쿨링에 대한 진지한 고민을 하게 되었다. 그리고 첫째를 이해하는 과정 속에서 우리의 홈스쿨도 점점 성숙하게 되었다. 어떻게 보면 내가 아이를 홈스쿨링으로 가르친 게 아니라, 아이가 나를 홈스쿨링한 셈이다.

"사실은, 춤추고 싶어요"
모범생 둘째의 반란

둘째는 첫째와 정반대의 성격이다. 둘이 같은 배에서 나온 것이 신기할 정도로 다르다. 첫째는 무언가에 매이는 것을 싫어하고 이래도 좋고 저래도 좋고 매사가 마냥 좋기만 하다. 하지만 둘째는 규칙을 만들고 따르기를 좋아하며 목표를 세우고 그것을 성취하는 것을 중요하게 생각한다.

둘째는 우리 집에서 남다른 성격의 소유자요, 제대로 된 군기 반장이다. 약속 시각은 무슨 일이 있어도 지켜야 하기에 대식구가 치장을 차리느라 모임에 늦기라도 하면 둘째 눈치를 봐야 한다. 이른 아침에 모임이 있을 때면 둘째는 알아서 일찍 일어나 식구들을 다그치고, 누가 뭘 어떻게 도와줘야 하는지 일일이 형제들에게 지시한다. 놀랍게도 둘째의 말대로 하면 일이 돌아간다.

규칙과 권위를 중요하게 여기는 둘째에게 선생님의 말씀은 곧 하늘이다. 학습지 선생님의 말씀을 칼같이 지키느라 39도 이상의 열이 펄펄 끓어도 그날의 숙제를 밀린 적이 없었다. 선생님들도 놀란다. 과제를 완벽히 해낼 뿐 아니라, 지나가면서 한 말도 다 기억해서 해내는 아이는 둘째가 처음이라고 한다. 선생님이 하라는 대로 하니 학습지 선생님을 비롯해 피아노학원, 청소년수련관 등 가는 곳마다 칭찬을 받는다. 또한 줄넘기, 인라인스케이트, 태권도 등 하는 것마다 시범을 보이는 학생이 되었다.

어려서부터 '자기주도'는 가르치지 않아도 저절로 되었다. 형제들이 옆에서 다 잠들어 있어도 7시 30분이면 어김없이 일어나 책상 앞에 앉아서 자기가 계획한 무언가를 하고 있었다. 식구들과 여행을 다녀와도 가방을 놓자마자 책상에 앉아 수학 문제를 풀었다. 이것이 가능하다니 나는 그저 놀라울 뿐이었다. 집에 아무리 많은 손님이 와도 할 일이 있으면 주변을 차단하고 자기 일을 다 끝낸다. 참 낯설게 느껴지는 성격이기도 했으나 내가 첫째와 씨름하는 동안 이런 아이도 있다는 게 위로가 되기도 했다. 두 살 많은 언니와 함께 같은 진도의 수학, 영어 수업을 들으며 공부를 아주 열심히 했다.

그러던 어느 날, 둘째가 열다섯 살이 되던 해였다. 누군가 대학로 소극장에서 하는 연극표를 주었다. 별 기대 없이 첫째부터 넷째까지 데리고 공연장에 갔다. 공연의 내용은 어려서부터 춤을 좋아했던 한 아이가 할머니가 되어서도 꿈을 포기 못하고 춤으로 아이돌 스타가 된 이야기였다. 나에게는 특별히 재미있는 것도, 인상적인 것도 없었다. 아이들이 혹시 시시하게 느껴서 여기까지 힘들게 온 것을 후회하면 어떡하나 조금 걱정이 되었다.

그런데 공연이 끝나고 나오는 길에 둘째가 운다. 소리 없는 눈물이 뚝뚝 떨어져 내린다. 이런 뜬금없는 눈물은 처음 보았다. 다른 아이들도 '왜 울지?' 하는 멍한 표정으로 쳐다본다. 둘째가 말하길, 그 할머니의 심정이 자기 마음이란다. 자기도 춤을 좋아한단다. 좋아하는 것을 포기하지 않고 할머니가 되어서도 꿈을 이룬 것이 너무 감동이라고 한다. 자기도 그렇게 춤을 추고 싶었고 지금도 춤을 추고 싶다고 한다.

순간 나는 얼음이 되었다. '뭐라고? 춤? 춤이라고?' 둘째가 운동을 좋아하고 잘한다는 것은 알고 있었다. 가끔씩 아이돌 춤을 따라 하는 것을 본 적은 있지만 그것도 운동의 일환이라고 생각했다. 춤 자체를 좋아한다는 것은 상상해본 적이 없었다. 나는 둘째가 공부를 좋아한다고 생각했고 단 한 번도 그 사실을 의심해본 적이 없었다.

이때부터 이제까지 없었던 둘째와의 심각한 대화가 오갔다.

"춤을 언제부터 좋아했어?"

"오래전부터요."

"계기가 뭐니?"

"할머니 집에서 TV로 아이돌 춤을 보고 따라해봤는데, 춤이 잘 춰지고 너무 좋았어요."

“그런데 왜 한 번도 춤을 추고 싶다는 얘기를 안 했니?”

“엄마가 싫어할 것 같아서요.”

“공부 좋아하는 거 아니었어?”

“아니요, 그냥 한 거예요.”

“그럼 이제까지 수학, 영어 학원 다닌 건 의미가 없니?”

“네. 의미 없어요.”

여기까지 대화를 나누고 나는 둘째 방의 문을 조용히 닫고 나왔다. 다리에 힘이 풀리고 마음은 바람 빠진 풍선처럼 주저앉았다. ‘이제까지 나는 뭘 한 거지?’ 홈스쿨링을 한 세월이 얼만데, 딸아이 마음 하나 마주하지 못했다는 자책감과 함께 이제까지의 모든 수고가 물거품이 되는 듯한 기분이 들었다.

한편으로는 서운한 마음도 들었다. ‘생활비를 아끼고 아껴서 학원을 보냈는데 그게 아무 의미 없다고?’ 아이들을 위해 TV 없이 산 지가 십수 년인데, 할머니 집에서 잠깐 본 방송이 그렇게 큰 영향을 주었다니 그것도 이해되지 않았다. 그럼에도 둘째가 지금 가장 하고 싶은 일은 오직 춤을 마음껏 추는 것이고, 소원은 아이돌 오디션을 보는 것이라고 한다.

남편도 망치로 뒤통수를 맞은 것처럼 둘째의 이야기에 크게 당황했다. 처음에 우리는 둘째가 하고 싶어 하는 것을 인정할 수가 없었다. 우리의 기대와 전혀 다른 예상치 못한 이 상황을 받아들이는 데는 시간이 필요했다.

첫째와 공부를 두고 공허한 씨름을 하는 동안, 내 마음에 만족을 주는 둘째를 보며 위안으로 삼았다. 그런 내 이기심을 직면하고는 눈물로 몇 날 밤을 지새웠다. 내 만족의 척도로 아이들을 평가하고 바라보았던 것과 아이들의 마음을 들여다보지 못한 것이 너무 미안했다.

결국 남편과 나는 딸의 인생이니 딸에게 맡기고 믿어보기로 했다. 그래 마음껏 하고 싶은 대로 해봐라. 수학, 영어 학원을 다 그만두고, 대신 댄스 오디션 반에서 춤을 배우고 오디션에 올인할 수 있는 기회를 주었다.

그렇게 둘째는 1년 반 정도 자기가 그토록 하고 싶었던 춤도 실컷 춰보고 오디션도 보게 되었다. 이후 나는 둘째에게서 부드러운 눈빛을 처음 보았다. 둘째는 항상 눈이 매서웠다. 예리하고 싸늘한 눈빛이 성격 탓이라 생각했다. 그런데 춤을 추고 나서 그 매서움이 사라지고 입가에 웃음이 생기고 여유가 생기고 말이 많아지기 시작했다. 예기치 못한 둘째의 사건은 아이들을 다시 돌아보게 되는 귀한 경험이었다.

✳ ✳ ✳ ✳ ✳ ✳ ✳ ✳ ✳ ✳ ✳ ✳ ✳ ✳ ✳ ✳ ✳ ✳ ✳ ✳

"제발, 공부할 기회를 주세요!"

✳ ✳ ✳ ✳ ✳ ✳ ✳ ✳ ✳ ✳ ✳ ✳ ✳ ✳ ✳ ✳ ✳ ✳ ✳ ✳

홈스쿨링을 하면서 첫째는 그야말로 모든 시행착오의 대상이었다. 고등학생 때 수포자(수학포기자)였던 나는 첫째가 수포자가 되는 것에 심한 두려움이 있었다. 나중에 대학에 간다고 하면 그때는 수학을 해야만 하니, 다른 건 몰라도 수학만큼은 반드시 기초를 잘 다져주어야 한다는 강박관념이 있었다. 그런 마음으로 초등학교 수학은 학습지를 병행하면서 내가 직접 붙들고 가르쳤다. 그러나 수학에 흥미가 없고 수학을 논리가 아니라 상상력으로 풀어내는 첫째와 끝없이 부딪히자, 어쩔 수 없이 한동안 수학 공부를 내려놓고 있었다.

열세 살에 초등 4학년 수학부터 다시 시작하고 있는데, 초등학교 선생님이셨던 외할아버지가 놀러 오셨다. 6학년 나이의 손녀가 4학년 수학을 시작하는 것을 보고는 놀라셔서 짐을 싸 들고 다시 오셨다. 두 달 반 정도 우리 집에 머무르시며 첫째를 붙들고 하루 여섯 시간 이상 가르쳐주시니 초등수학이 다 끝났다. 언니 옆에 덩달아 앉아 있던 두 살 아래 둘째까지 초등수학을 마스터해버렸다.

여기까지는 좋았는데 홈스쿨링 모임에서 하는 중등수학 선생님의 강의를 따라가기가 너무 힘들어서 그때부터 또 2년 동안 수학을 쉬었다. 그러다 더 미루면 안 될 것 같은 조바심에 아파트 단지 안에 있는 수학 교습소를 찾아갔다. 마침 첫째가 선생님을 아주 좋아했고 그 바람에 수학이 재미있어졌다고 했다. 그렇게 열다섯 살에 중등수학을 시작해서 잘하지는 못해도 그럭저럭 수학을 포기하지 않고 꾸준히 하게 됐다. 오히려 아무것도 시도하지 않았던 둘째는 뭐든지 언니를 따라다니면서 자기 또래보다는 앞선 공부를 했다. 그리고 공부에 관심이 많았던 둘째 덕분에 첫째도 덩달아 영어를 공부하게 되었다. 대학입시를 위한 대비는 이게 전부였다.

첫째가 열여섯 살이 되던 해였다. 이제 본인이 무엇을 하고 싶은지 자기의 인생을 진지하게 고민해보며 스스로 길을 찾아보겠단다. 그래서 우리는 과감하게 아이를 믿고 따라주기로 했다.

그런데 이게 웬일인가? 뭔가 각오에 차 있어 보이던 딸이 잠만 잔다. 하루의 절반을 자는데 낮 12시쯤 일어나 부스스한 모습으로 부엌에 와서는 "점심 뭐예요?" 하고 묻는다. 나는 속이 뒤집

했다. 그러나 공부로 기쁘게 해드리지 못했던 내게 하루 두 끼의 도시락을 정성스럽게 싸주신 나의 엄마를 생각하며 꾹꾹 참고 첫째에게 잔소리 없이 밥을 차려주었다.

하루이틀도 아니고 1년 반 정도 그렇게 잠을 잤다. 자기에게 지금 가장 필요한 것은 잠이라면서 떳떳하게 잤다. 아니, 세상에 열일곱 살이나 돼서 이렇게까지 자는 아이가 또 있을까? 몇 번은 깨워도 봤다. 그러나 일어나도 할 일이 없다며 다시 누워버렸다. 타는 속을 애써 쓸어내리며 첫째 방의 문 앞을 참 많이도 서성댔다. 첫째는 손재주가 많다. 그래서 우리는 그 재능에 맞는 직업을 추천해주거나 다양한 진로를 알려주었다. 그런데 다 하고 싶지 않단다.

그러다 어느 날 갑자기 첫째가 일어났다. 자기가 하고 싶은 일을 발견했다며, 하고 싶은 공부를 위해 대학을 가야겠다고 말이다. 우리는 첫째가 공부는 좀 아닌 것 같아서 직업학교가 어떻겠냐고 제안했다. 그러나 자기는 대학을 가서 공부해야겠다며 일언지하에 거절했다.

나와 남편은 속이 갑갑했다. 공부를 잘할 것 같은 둘째는 공부를 그만두고 춤을 추겠다고 하고, 공부와는 거리가 먼 것 같은 첫째는 공부를 꼭 하겠다고 하니 말이다. 우리의 바람과는 전혀 다른 길을 가겠다고 나섰지만 우리가 할 수 있는 것은 안전한 울타리 안에서 아이들이 하고 싶다는 일을 도와주는 것밖에 없었다.

1년 반 동안의 긴 겨울잠에서 깨어난 첫째가 한마디했다. 오래 자고 깨달은 것은 많이 자는 것도 건강에 해롭다는 사실이란다. 그렇게 긴 잠을 가볍게 털고 열여덟 살에 영어, 수학 외에 다른 과목의 입시 공부를 시작했다. 그리고 그해 11월, 검정고시 다음으로 본 첫 시험이 대학수학능력시험이었다. 모의고사 한번 안 보고 처음으로 본 수능시험이었다.

우리는 성적에 맞춰 원하는 학과에 갈 수 있는 대학에 지원하기를 설득했다. 그러나 아이가 간청한다. 이제 공부라는 것을 후회 없이 제대로 한번 해보고 싶다는 것이다. 공부를 한 번만 제대로 할 수 있도록 재수학원 좀 보내주면 안 되겠냐고 간청 아닌 강청을 했다. 남편과 나는 비용도 문제지만 이제까지의 생활 습관을 완전히 뒤집어야 하는 것이 얼마나 힘든 일인지를 말해주었다. 그렇지만 첫째는 제발 기회만 달란다. 그래서 고민 끝에 열아홉 살 딸을 재수종합학원에 보내주었다.

첫째에게는 학원의 모든 것이 신기한 듯했다. 칠판, 책상, 의자, 교실, 급식실 등 특별할 것이 없고 삭막할 수도 있는 환경이 첫째에게는 신선하고 새로운 세상이었다. 초기 몇 달간은 마치 소풍에서 돌아온 아이처럼 별일 없이 똑같은 날도 그날 하루 학원에서 보고, 듣고, 있었던 일들을 흥분해서 재잘거리기 바빴다. 동생들에게는 학원에서 돌아온 첫째의 이야기를 듣는 것이 하루 일과가 되었다.

늦은 밤에 잠들어 새벽에 일어나는 갑작스런 변화로 첫째의 몸에 병이 왔다. 병원에서 수액도 맞고 힘든 시간을 자기와 싸우며 보냈다. 나는 걱정이 되어 학원을 쉬는 게 어떤지 물어보았으나 절대 안 된단다. 잠도 자고 싶은 만큼 실컷 자봤고 놀고 싶은 만큼 놀아봐서 미련이 없단다. 그리고 어차피 많이 자도 피곤한 것은 마찬가지인데 공부하느라 피곤한 것이 낫다는 것이다.

그렇게 1년간 첫째는 자기와 싸우면서도 걱정했다. 많은 비용을 들여 학원을 보내주는데 실망시켜드리면 어떡하느냐고 말이다. 나는 말했다. "엄마가 너에게 도시락을 싸주는 것은 좋은 대학을 가라는 게 아니야. 그냥 내 딸이니까 사랑하고 지지하는 마음으로 싸주는 거야." 결과는 좋을 수도 있고 나쁠 수도 있으니 염려하지 말라고도 덧붙였다.

드디어 두 번째 수능을 치렀고, 결과가 나왔다. 성적이 기대에 미치지 못해서 기대했던 몇몇 대학은 포기할 수밖에 없었다. 안정적이라 생각했던 대학도 안타깝게 놓치자, 가슴 졸이며 또 다른 대학의 추가 합격을 기다리게 되었다.

첫째는 다 떨어지면 어떡하냐고 울먹였다. 나는 차분히 딸을 위로했다. "인생의 목적은 어떤 대학을 가고 어떤 직업을 갖는지가 아니라, 어떤 사람이 되는가에 있어. 재수라는 것을 해도 같은 터널을 다시 지나가는 게 아니라, 인생에서 배워야만 하는 인내라는 귀한 품성을 배울 수 있는 과정이 되기도 해. 필요하다면 그 길을 다시 가는 것도 할 만한 거야."

기다림 끝에 딸이 원하던 학과가 있는 대학에 추가 합격을 했다. 처음 목표의 차선에 차선이었지만, 기다리는 시간이 초조했던 만큼 너무나 기쁘고 감사했다. 첫째는 다른 사람과 자신을 비교하지 않고 자기가 도전한 일이 이루어진 것에 크게 기뻐했다. 그리고 이제 정말 하고 싶었던 공부를 할 수 있는 길이 열린 것에 대해 감사가 넘쳤다. 나는 이 순간이 꿈처럼 느껴졌다.

돌아보니 아이가 깊이 잠들어 있다고 생각했던 그 시간이 아이에게는 자기를 채워가는 시간이었던 것 같다. 성인으로 인생의 첫발을 내디딘 딸을 힘차게 응원한다.

✳✳✳✳✳✳✳✳✳✳✳✳✳✳✳✳✳✳✳✳✳✳

홈스쿨의 가치,
스스로 배우는 아이들

✳✳✳✳✳✳✳✳✳✳✳✳✳✳✳✳✳✳✳✳✳✳

홈스쿨링을 하는 아이들을 보면 자기가 하고 싶은 분야를 파고들어 그 일을 끈기 있게 성취해내는 경우가 많다. 검정고시를 일찍 통과하고 고1이나 고2 나이에 대학을 가는 경우도 종종 있다. 학교라는 곳을 대학에서 처음 경험해서 그런지 학교생활에 굉장히 적극적이고 교우 관계 또한 기대 이상으로 잘 만들어간다.

홈스쿨링을 하면 주변의 모든 환경을 통해서 세상을 배운다. 홈스쿨링을 한다는 말을 하면 대부분의 사람이 사회성을 가장 우려한다. 그러나 우려와는 달리 내가 보아온 홈스쿨링으로 자란 아이들은 사회성이 가장 뛰어난 덕목이 되어 있었다. 연령을 뛰어넘는 다양한 아이들과 교류하고, 다른 부모들을 비롯해 많은 어른과의 관계를 통해서 또래로부터 얻을 수 없는 성숙한 관계 맺기를 배워가기 때문이다.

첫째가 어렸을 때는 홈스쿨링이라는 것이 생소했던 시절이라 홈스쿨링으로 자라서 성인이 된 경우를 많이 보지 못했다. 이 아이가 어떤 사람이 되는지보다는 아이가 그 나이에 가져야 할 기능적인 측면만 바라보고 일희일비하며 속을 많이도 끓였다. 아이가 스스로 자기 길을 찾아갈 수 있다는 말은 어디에서도 들어보지 못했다. 나 역시도 학교가 주는 지식과 틀이 내가 배워야 하고 가야 할 길이라고 알고 그렇게 살아왔다. 그러니 홈스쿨링을 하면서도 아이를 그 틀에 맞추어 넣으려고 부단히 애썼다.

책을 무척 좋아했던 첫째는 언어에 탁월했다. 이웃집 엄마가 당시에 살던 동네 이름을 붙여 '연남동 천재'라고 부를 정도였다. 17개월쯤 되었을 때 200개의 동물 이름을 외웠고, 22개월에는 동사의 어간을 자유롭게 변형하며 말을 할 정도였다. 그런데 기호에 약했다. 엄마표 한글이 효과가 없어서 학습지 선생님도 붙여보았다. 선생님이었던 외할아버지가 두어 달을 정성껏 가르치기도 하셨고, 재미 위주의 인터넷 한글도 해보았다. 그래도 전부 효과가 없었다. 결국 또래보다 늦게 여덟 살이 넘어서야 읽고 쓰게 되었다.

첫째가 한글을 배우는 데에 애를 먹는 동안, 둘째가 옆에서 어깨너머로 보며 한글을 깨우쳤다. 책이라는 것은 펼치기도 싫어하고 다섯 살이 되어도 두 음절 단어를 10개 정도밖에 모르던 아이라 적잖이 놀랐다.

동생들에게는 첫째에게 쏟아부은 열정만큼 공을 들일 여력이 없었다. 지나 보니 그렇게 열을 올리지 않아도 나이를 먹으면 더 쉽게 배우는 것들이 태반이었다. 그래서 셋째부터는 그냥 하고 싶은 것을 하도록 내버려두었다.

셋째가 아홉 살 때였다. 처음에는 아주 쉬운 단계의 종이접기를 시작하더니 유튜브를 보며 복잡한 모양의 종이 로봇까지 만들게 되었다. 얼마나 재미있었으면, 새벽 6시에 알람을 맞춰놓고 일어나서 기본 3시간은 쉬지 않고 종이접기에 몰입했다.

그렇게 1년 동안 종이접기에 심취해 있더니, 열 살 때는 자기도 수학을 공부해야겠다고 학습지를 시켜달란다. 엄마가 대답만 하고 기약이 없자 인터넷에서 학습지 지사를 찾아 담당자에게 전화를 걸어 나를 바꾸어주었다.

어느 날은 일본에 가보고 싶다면서 일본어 공부를 시작했다. 바람대로 우연한 계기에 지인과 함께 정말로 일본에 다녀오게 됐다. 그 후 벌써 수년째 꾸준히 일본어를 공부하며 일본어능력 시험에도 도전하고 있다.

열세 살 때는 홈스쿨링을 하며 독학으로 라틴어를 능숙하게 구사하는 형에게 1년간 라틴어를 배웠다. 까다롭고 어려운 언어라 시켜서도 못할 일인데, 어려운 일에 도전한다며 가끔 밤을 새우면서까지 라틴어와 씨름하기도 했다. 덤으로 라틴어를 한국어로 번역하는 과정에서 한국어의 문법을 터득하고 문장을 조화롭게 쓰는 훈련까지 할 수 있었다.

관심과 배움이 아주 우연한 일로 찾아오기도 했다. 아파트 발코니에서 닭을 키우던 시절, 재활용품을 버리는 날만 되면 신문을 주워 왔다. 닭똥으로 덮인 신문지를 걷어내고 새 신문지를 깔아야 하기 때문이었다. 간혹 일에 진척이 없는 것 같아서 발코니에 가보면 셋째가 한없이 신문을 들여다보고 있었다. 밖에서 주운 다양한 신문들을 보면서 세상 소식을 듣고 사회, 정치, 경제에 관심을 갖게 된 것이다. 심지어 아빠한테 회사에서 다 보고 난 신문을 가져다줄 수 있겠냐며 정기적으로 신문을 가져다주길 부탁했다.

동네 소식을 알리는 지역신문까지도 그냥 지나치는 법이 없더니, 선거철에는 투표권이 있는 가족보다 더 열심히 선거공보물을 본다. 대선에서 특정 정당이 진 이유 중 가장 큰 문제가 부동산 정책인 것 같다며, 갑자기 5년 전 대선 TV 토론까지 찾아서 본다. 그때 후보가 냈던 정책과 지금의 현실을 비교해보려는 것 같았다. 이제는 선거철이 되면 모든 TV 토론을 찾아서 보고, 생방송 토론도 본방을 사수하려고 애쓴다. 덕분에 옆에 있던 여덟 살 동생이 나도 모르는 후보가 어느 지역에 나왔는지를 알 정도다.

셋째가 보는 책들은 대개 이렇다. 『야무지게, 토론!』, 『거침없이, 토론!』, 『10대와 통하는 환경과 생태 이야기』, 『10대와 통하는 농사 이야기』, 『텃밭 농사 흙 만들기 비료 사용법 교과서』, 『부의 인문학』, 『나의 첫 주식 교과서』, 『부자되기 습관』, 『장하

준의 경제학 강의』 등 10여 권의 책 중에서 한 권을 제외하고는 모두 스스로 선택하고 구매했다.

또래 아이들처럼 기능적인 부분들을 배우지 못하는 것에 대한 두려움을 내려놓으니, 스스로 생각하며 배우고 있는 아이가 보인다. 아이가 자기 자신에 대해 살피고, 자기 미래를 고민하며, 그것을 위해 무엇을 해야 할지 생각하고 있는 것이 보인다.

아이가 많다 보니 부모가 미처 챙겨주지 못하는데도 자기가 무엇을 언제 배워야 할지를 스스로 생각하는 것을 보고 놀라기도 한다. 하루 세 끼 밥하는 것만으로도 정신없는 시절을 살다 보니, 다섯째가 어느덧 여섯 살이 된 것도 몰랐다. 아무 생각이 없는 나에게 다섯째가 뜬금없이 말한다. "엄마, 이제 저도 한글을 좀 배워야 하지 않아요? 이제부터 엄마가 매일 저를 좀 가르쳐주세요. 엄마가 글씨를 써주시면 제가 따라서 쓸게요." 그러면서 종이와 연필을 가지고 왔다. 배우려는 열정이 커서인지 한글 쓰기 책을 몇 권 사주니 얼마 가르쳐주지 않은 글씨를 바탕으로 넷째 언니의 도움을 받아 다른 형제들보다 쉽게 깨우쳤다.

잠들기 전에는 자기의 작은 책상 위에 몇 권의 책을 챙겨 올려놓고는 내일 아침에 일어나면 읽을 책이라고 한다. 시키지 않았는데도 책 읽는 연습을 해야 한다며 몇 권의 책을 언제 읽을지도 스스로 계획한다. 읽기가 유창해지자, 여섯째와 막내에게 책을 읽어주는 친절을 자주 베푼다.

그러더니 일곱 살 가을에 갑자기 자기는 홈스쿨이 아니라 학교를 가야겠다고 한다. 이유를 물으니 이제는 숫자를 배우고 언니들처럼 수학을 공부해야겠단다. 집에서도 할 수 있는데 왜 꼭 학교에 가서 배워야 하냐고 물으니까, 엄마가 바빠서 자기를 가르칠 시간을 낼 수가 없을 것 같아서라고 한다. 엄마가 꼭 가르쳐주겠다고 했더니 시간 약속을 하자며 엄마의 각오를 단단히 받아낸다. 그리고 수학책을 주문해달라고 매일같이 졸라서 초등 1학년 책을 사주었다. 스스로 공부한다는 것이 본인이 생각해도 기특한지 더 어린 동생들 앞에서 언니다운 의젓함을 뽐내며 식탁 앞에 앉아 공부한다.

홈스쿨링을 하면서 아이들은 예상치 못한 다양한 자극을 받아 지식을 쌓아가고 지혜를 터득했다. 나는 어린 자녀들 때문에 시간이 없다는 핑계 아닌 핑계로 큰 아이들에게 특별한 지적 자극을 찾아주지 못했다. 그럼에도 아이들은 자기들의 눈높이에서 궁금한 것들을 발견하고 그 문제들을 해결하고자 나름의 방법을 찾아갔다. 내 잔소리가 줄어들수록 아이들은 스스로 생각의 폭을 넓혀간 것이다.

****

심심함을 이겨내며
단단해지는 아이들

****

우리 집에는 텔레비전이 없다. 결혼할 때부터 일부러 사지 않았다. 남편은 TV 앞에서 보내는 시간을 좋아하지 않았다. 드라마를 무척 좋아했던 나는 드라마에 빠지는 것을 예방하고 싶었다. 그렇게 한마음으로 TV를 사지 않았고 이 결정은 지금까지도 유지되고 있다.

컴퓨터가 있어서 필요한 것들은 컴퓨터로 보기도 하고 아이들에게 불규칙적으로 컴퓨터를 통해 어린이 프로그램을 보여주기도 했다. 그러나 대부분의 시간을 TV 없이 지냈기에 심심한 시간을 어떻게 보내야 하는지가 큰 숙제였다.

홈스쿨링을 하면서 아이들 입에서 나오는 말 중 나를 가장 힘들게 했던 말도 바로 '심심해'였다. 이 말을 들으면 내가 뭔가 그 심심함을 채워주어야 할 것 같고, 아이가 느끼는 무료함은 곧 나의 무능함처럼 느껴졌다. 뭔가 놀거리를 만들어줘도 금방 또 심심해하는 아이들을 보면서 아이들의 욕구를 채워주지 못하는 나 자신에 대해 자격지심을 느꼈다. '내가 홈스쿨링을 할 자격이 있는 걸까? 심심해하는 이 시간으로 인해 아이가 발전할 수 있는 기회를 잃어버리는 것은 아닐까?' 단지 안에 있는 유치원이나 학원에서 새어 나오는 소리와 분주한 아이들을 보면 홈스쿨링을 언제까지 지속할 수 있을지 더 고민스러워지곤 했다.

그러던 어느 날, 또 아이들이 연신 "심심해"를 외친다. 온몸으로 바닥을 파고 들어갈 기세다. "심심해, 심심해!" "심심한데 어떡해요?" "재미있는 게 하나도 없어요." 나는 아이들에게 이것저것 제안했다. 그러나 그건 다 해봤고 재미도 없단다. 그러면 나는 아이들이 알아듣지 못해도 "인생은 재미로 사는 게 아니야, 인생에는 재미보다 심심하고 참아야 하고 견뎌야 하는 게 훨씬 더 많아"라고 말했다. 아이들은 또 같은 이야기라는 식으로 시큰둥하게 말한다. "그래도 할 게 없어요!" 나도 지지 않고 "그럼, 자!" 하고 돌아서는 아이들의 등 뒤에 대고 말하면, 아이들은 "자는 것도 심심해요!" 하고 맞받아치곤 했다.

이렇게 심심해 타령을 한참 하다가 조용해서 돌아보면 책을 들고 있다. 심심해의 극치를 경험하면 그 끝에 이르는 곳이 대부분 책이었다. 적막이 흘러서 돌아보면 심심해서 바닥을 긁던 아이들이 여기저기 흩어져 각자 책에 빠져 있곤 했다. 지금도 자기 전에는 나이를 불문하고 세계 명작을 함께 읽곤 한다. 넷째가 특히 밤에 엄마가 책 읽어주는 것을 좋아한다. 자는 시간이 늦어져서 책을 읽지 못할까 봐 저녁 설거지며, 부엌 정리 및 아이들 잠자리 정리에 엄마인 나보다 더 부지런을 떤다. 내가 손전등을 켜고 책을 읽으면, 아이들은 눈을 감고 잠시 다른 세계에 여행을 간 듯 이야기를 들으며 잠이 든다.

첫째가 열 살 무렵, 한동안 라디오 드라마를 틀어준 적이 있었다. 내가 듣던 드라마였는데 좋은 내용이라 아이들과 종종 듣곤 했다. 그러자 어느 날부터인가 그 시간이 되면 아이들이 의자를 가져다가 라디오 앞에 줄줄이 앉아 청취하고 있는 게 아닌가. 급기야 라디오에서 나오는 효과음을 동작으로 묘사하면서 대사를 따라 연극을 했다. 자기들도 웃긴지 상대의 연기에 터져 나오는 웃음을 참으며 열연을 펼치곤 했다.

이 연극이 발전해 집에 공연 문화가 생겼다. 아이가 셋만 되어도 공연자, 관객, 사회자 또는 촬영감독이 만들어진다. 한 사람을 관객으로 두고 돌아가면서 사회도 보고 공연도 하니 심심할 틈이 없다.

선유도에 나가면 작은 무대가 있다. 대낮엔 그 공연장도 오롯이 우리 것이었다. 네 명의 아이들이 서로 연출가 역할을 하며 무대를 만들거나 공연을 하고, 돌아가며 관객이 되어주었다. 자기들끼리 퀴즈대회를 진행하기도 했는데, 진행은 주로 둘째가 했다. 둘째는 아껴둔 간식거리를 퀴즈대회의 호응을 위해 상품으로 주기도 했다.

이렇게 다진 공연 실력은 조부모님 댁을 방문할 때마다 아주 좋은 호재로 쓰였다. 할머니, 할아버지 앞에 서면 서로 눈짓만 해도 평소에 맞추었던 춤과 노래가 즉석에서 흘러나왔다.

몸으로 하는 공연에 익숙해지더니, 어느 해 겨울에는 인형극을 해보겠다며 자기들끼리 공연 계획을 세웠다. 동화책의 내용을 당시 열세 살이던 첫째가 각색했다. 주인공들을 손가락 인형으로 만들고 여러 가지 무대배경을 큰 도화지에 그렸다. 재활용품 버리는 날을 기다려 손가락 인형극장에 맞는 큰 박스를 구해 오더니 손전등을 매달아 조명까지 설치했다. 사람이 보이지 않게 인형극을 진행하기 위해 서로 아이디어를 짜내며 이렇게 저렇게 시도해보더니 정말 그럴듯한 손가락 인형 소극장이 탄생했다.

"우아!" 보기만 해도 탄성이 나왔다. 아이들이 셋만 되어도 1인 2역을 하면서 이런 공연이 가능하다는 것이 놀라웠다. 특별한 재료 없이 집에 있는 의자와 보자기, 버려진 박스와 문구점에서 사온 도화지로 막연했던 기획이 실행된 것도 신기했다.

크리스마스 즈음에는 여러 가정을 초대해 공연을 하기도 했다. 소박하지만 신선한 이 소극장은 초대된 어린이 관객들을 엄청난 몰입도로 사로잡았고 어른들에게도 많은 칭찬을 받았다.

언니들과 오빠의 어린 시절을 보지 못하고 자란 어린 동생들은 지금도 "심심해"를 입에 종일 달고 있을 때가 있다. 그러면 나는 여전히 인생이 재미로만 사는 게 아니라고 아주 심심한 대답을 한다. 본인들의 심심함에 별 도움이 안 되는 엄마를 뒤로하고 아이들이 조용히 방으로 들어간다. 무엇을 하는지 궁금해 살펴보면 어떨 때는 책에 빠져 있고, 어떨 때는 만들기에 빠져 있다. 어떨 때는 각각 두 살 터울의 다섯째, 여섯째, 일곱째 세 자매가 다양한 역할놀이를 만든다. 때론 "엄마"라는 소리에 내가 달려 나갈 정도로 자기들끼리 아주 실감 나게 놀곤 한다.

나의 고등학생 시절을 생각해보면, 인생에 대한 깊은 질문과 씨름하는 고독한 시간을 통해 단단한 성인으로 준비될 수 있었다. 아이들도 이 심심한 시간을 이겨내는 과정을 통해 진정한 자신을 만나고 단단해지는 것 같다.

맑고 차가운 물을 얻기 위해서는 암반을 뚫고 들어가야 한다. 심심함의 끝에서 그 무료함을 뚫어내는 힘으로 찾아낸 놀이는 아이에게 자립심과 절제력, 그리고 책임감 있는 인생의 주체가 되는 단단한 힘을 길러주는 좋은 선생님이 된다.

아이들을 참 편하게 키우시네요

"아이들을 참 편하게 키우시네요." 가끔 뵙는 소아청소년과 의사 선생님이 종종 나에게 하시는 말씀이다. 때로는 "아이가 이렇게 많은데 어떻게 엄마 얼굴이 항상 밝냐"고 묻는 사람도 있다.

홈스쿨링으로 아이들을 키운 지 20년이 훌쩍 넘었다. 그런 나에게 사람들이 기대하는 얼굴은 삶의 무게에 지치고 눌린 얼굴일지 모르겠다. 그러나 오늘 이 밝은 얼굴은 아이들이 만들어주었다. 인생의 무게에 눌리지 않고 자유롭게 사는 법을 나는 아이들에게서 배웠다.

내가 듣는 말과 똑같이 첫째에 대해서도 사람들은 한결같이 말한다. "동생이 많아서 눌리고 억울한 것이 많을 것이다." "형제 많은 집 장녀는 한이 많아서 얼굴이 어둡고 동생이라면 진저리를 낸다." 그러나 첫 만남에서 우리 집 첫째를 장녀로 보는 사람은 이제까지 한 명도 없었다. "엄마, 사람들이 제가 그냥 막내인 줄 알았대요. 제가 7남매라는 것보다 장녀라는 게 더 놀랍대요." 첫째가 새로운 사람들을 만날 때마다 집에 와서 항상 하는 말이다. 어린이집에 실습을 나간 첫째에게 힘들지 않냐고 물었을 때도 "아니요, 어린이집에 가서 아이들이 앉아 있는 것만 봐도 행복해요" 한다. 내가 생각해도 신기하긴 하다.

인생이 주는 무게에 눌리지 않고 걸을 만한 동산을 산책하듯 아이들과 손잡고 여기까지 동행했다. 그렇다 해도 그 길이 처음부터 쉽고 편했던 것은 아니다. 내가 스케치한 그림대로 되지 않는 현실을 수도 없이 맞닥뜨렸다. 최선을 다했지만 많은 아쉬움과 자책감에 잠을 이루지 못할 때도 있었다. 아이들과의 갈등이 해결되기까지 아픈 마음을 부여잡고 밤을 지새운 적도 있었다. 계획대로 되지 않는 홈스쿨링의 시간표 때문에 이 길을 포기하고 싶었던 때도 참 많았다.

'작가가 글을 쓰는 것이 아니라 글이 작가를 끌어갈 때 비로소 읽을 만한 글이 되어간다는 걸 느낀다'는 어느 작가의 말이 생각난다. 빗대어 생각해보면 잘 세운 계획이 홈스쿨을 이끈 게 아니었다. 인생이라는 것, 그냥 삶이라는 것이 홈스쿨을 이끌어왔다. 홈스쿨링은 계획과 실행으로 이루어지는 것이 아니라 그냥 삶 그 자체임을 지금은 알고 있다.

젊어서는 인생이 도화지에 스케치한 대로 끝까지 잘 그려질 것이라 생각했다. 스케치를 변경하는 일이 생기더라도 결국에는 그리고자 했던 의도를 살릴 수 있을 것이라고 믿었다. 그러나 흐르는 세월 속의 어느 순간에 남편과 아이들에 대한 나의 스케치를 다 지웠다. 남편과 아이들에 대한 나의 밑그림과는 다른 그림이 그려질 때마다 원래의 스케치로 되돌리려는 나의 씨름을 내려놓았다. 그러고 나니 남편은 남편의 그림을, 아이들은 또 각자 자기의 그림을 그려 나갔다. 내가 아이들을 위해 할 수 있는 일은 밑그림을 잘 그려주고 그 그림대로 색칠하게 하는 것이 아니었다. 아이 스스로 자기 그림을 그릴 수 있도록 돕는 것이란 것을 많은 세월을 거치고서야 깨달았다.

아이들이 많다 보니 사건 사고도 많았다. 생각지 못한 질병을 만나 오랜 시간 치료해야 할 때도 있었다. 중하진 않지만 여러 번의 수술을 거쳐야 하는 병을 안고 태어난 아이도 있다. 태어날 때부터 건강하게 살 수 있을지 장담하지 못했던 아이도 있다. 처음 이런 일들을 만났을 때는 세상의 끝이라도 온 것처럼 얼마나 많이 울었는지 모른다. 그러나 지나 보니 아이는 그 아픔을 이겨 나가는 과정을 통해 자기의 성장을 이루어갔다. 아이마다 가지고 있는 약점이 오히려 아이의 인생에서 자신을 자신답게 만들었다. 건강했더라면 기회조차 없었을 많은 경험과 함께 소중한 인연도 만나게 되고, 더불어 아이의 세계도 함께 커져갔다.

아이가 갖고 있는 약점이 아이의 인생을 열어주는 열쇠가 된다는 것을 지금은 잘 안다. 내가 할 수 있는 일은 아이가 자신에게 주어진 인생의 길을 잘 찾아 걸어가도록 함께 손을 잡고 부모로서 주어진 시간 동안 평안함으로 동행하는 것뿐이다. 이 동행은 아이의 부모인 나에게만 주어진 특권이다. 이 길에서 아이 덕분에 누리는 기쁨은 내 인생 최고의 선물이다.

아이들도 인생이 계획이나 뜻대로 되지 않는다는 것을 안다. 그것이 인생의 결정타가 되지 않는다는 것 또한 알고 있다. 자신이 소중하게 여기는 것이 자기 의지와 상관없이 망가져버리기도 한다는 것을 경험을 통해 어려서부터 배운 것이다.

아이가 넷이 되고 나서는 큰 아이들 셋이 외출하는 일이 자주 생겼다. 그러면 아직 말로 소통하는 것에 서툰 넷째가 이때를 기회 삼아 언니들과 오빠의 책상을 초토화했다. 내가 주의를 기울여도 방심하는 순간 눈 깜짝할 사이에 일어나는 일을 막을 수가 없었다. 막내가 말이 좀 통할 때도 큰 아이들의 책상은 항상 호기심의 대상이었다. 기회를 포착해서 그동안 궁금했던 것들을 다 열어보았다. 아이들이 돌아올 시간이 되면 나는 가시방석이었다. 아무리 조치해도 원상복구가 불가능한 것들이 꼭 발생하고야 만다. 그러면 외출에서 돌아온 첫째가 바닥을 치며 대성통곡했다. "내가 나가지를 못해. 이래서 나가지를 못해."

멋지게 그린 그림을 자랑하려고 하는 순간, 자기가 무슨 짓을 하는지도 모르는 어린 동생의 행동이 그림을 엉망으로 망쳐놓을 때도 종종 있었다. 그러면 첫째는 또 대성통곡을 했다. 가장 소중한 것을 잃어서 고통의 끝자락에 서 있는 사람처럼 울고 또 울었다. 그러면 나는 고작 열 살밖에 안 된 첫째를 타일렀다. 아끼는 것이 사라져도 그 아픔과 기억은 곧 지나가고, 네가 누릴 기쁨이 그 잃은 것 하나에만 걸려 있지는 않다는 것을 내일이면 알게 될 거라고 말이다.

아이이기에 놀다 보면 소중한 것을 잃은 기억이 금방 사라지게 된다. 나는 지나치지 않고 "어제는 동생이 망친 그 그림이 없으면 세상이 끝날 것 같았는데, 오늘도 그러냐"고 묻는다. 그러면 첫째는 "그렇지 않다, 그 그림이 없어도 여전히 재미있다"고 답한다. 이어지는 말이 뭉클하다. "그림은 사라져도 되는데, 잠시나마 미워했던 동생은 사라지면 안 된다"며 "동생이 그림보다 더 소중하다"고 한다. 이렇게 이야기했어도 같은 일이 또 반복되지만, 이전보다는 넘어가기가 더 수월하다. 계속될 것 같은 고통도 결국에는 지나간다는 것을 알았기 때문이다.

뭔가를 만들거나 그릴 때 아이들이 유독 한 가지 재료에 다 같이 집착해 싸울 때가 있다. 다른 재료도 많은데 그 한 가지 재료만으로 다투는 것을 보면 그저 한심해서 "다 하지 마!" 하고 소리를 질러 이 혼란스러운 상황을 종료해버리고 싶어진다. 그러나 이 시끄러운 소동에서 빨리 벗어나고 싶은 내 이기적인 마음을 내려놓는다. 서로 고집하고 있는 그 물건이 없어도 만들기를 할 수 있고 충분히 그림도 잘 그릴 수 있음을, 한 가지에만 집착하는 것이 얼마나 소모적인 일이고 현명하지 못한 행동인지 조곤조곤 알려준다.

다른 재료로 만들거나 그릴 수 있는 것들을 보여주다 보면, 쉽진 않지만 아이들 스스로 대안을 생각하는 일이 더 많아지게 된다. 마음에 들지 않는 상황을 참아내며 집착으로 빨려드는 마음의 무게를 이겨내는 자제력도 생기게 된다. 또 서로의 욕구 충돌로 울고불고 난리를 칠 때면, 나는 평안한 마음으로 아이들에게 다가가 침묵을 지시하고 한 사람씩 자기 이야기를 하게 한다. 천천히 자기 마음을 말로 풀어놓으면서 아이들은 묶여 있던 매듭을 푸는 것같이 자기 마음을 들여다보게 된다. 그러면 스스로 문제를 발견하고 해결점도 찾아가게 된다.

자기 의지와 상관없이 소중한 것을 잃거나, 크고 작은 충돌로 아이들 사이에 소용돌이가 몰아칠 때가 있다. 이때가 인생에서 정말 소중한 것과 지킬만한 것이 무엇인지를 알려주고, 집착에서 벗어나는 법을 가르쳐줄 좋은 기회이다. 그 과정을 통해 아이들은 내가 원하던 많은 것이 무너져도 다 지나가고 잊히며, 끝내는 사랑하는 사람들과 가족이 가장 소중하고 지킬만하다는 것을 배운다. 그리고 이 혼란스러운 상황을 다스려나가면서 나와 아이들은 평안을 선물로 받는다.

"아이들을 참 편하게 키우시네요."

살아온 인생이 내 얼굴에 묻어났나 보다. 이 한마디가 오늘 내 인생의 회고록이다.

"내 이름을 불러줘!"

아이들이 많아지자 혹여나 인파가 넘치는 장소에서 아이를 잃어버리면 어쩌나 하는 염려가 생겼다. 그래서 우리는 아이들이 각자 스스로 집을 찾아올 수 있는 나이가 되기까지는 큰 놀이공원에 가지 말자고 약속했다. 첫째도 중학생 나이가 되어서야 처음으로 롯데월드에 갔다. 둘째, 셋째도 중학생 나이가 되어서야 에버랜드라는 말로만 듣던 놀이공원에 갈 수 있었다.

단체로 차를 탈 때면 번호를 부른다. 1번부터 7번까지 번호를 부르고, 자기 앞뒤 번호가 있는지 확실하게 점검한 다음에야 출발한다. 도보로 이동할 때면 누가 누구를 책임질지 정확히 짝을 지어 외출한다.

수가 많은 아이들의 이름을 일일이 맞추어 부르기가 쉽지 않다. 그래서 번호로 부를 때도 있고, '얘들아'로 부를 때도 많았다. 어린이 행사에서 아이들에게 선물을 줄 때면 다 받기가 미안해 "대표로 큰 애 둘만 주세요" 할 때도 가끔 있었다. 그러면 아이들이 그런다. 나는 나고 동생은 동생인데, 왜 대표를 만드냐고. 그때부터 나는 대표라는 말을 쓰지 않았다.

각자가 자기 이름이 소중하게 불리기를 바란다는 것을 느낀 나는 아이들에게 돌아가며 한 사람씩 데이트를 하자고 제안했다. 첫째가 열두 살 즈음 첫 데이트를 시작했다. 한 사람이 데이트를 나가면 나머지 형제들은 그 시간 동안 불평 없이 최선을 다해 자기보다 어린 동생을 돌보았다. 그래야 자기 차례가 돌아오기 때문이다.

어디를 가서 무엇을 할지는 각자가 계획하게 했다. 첫째는 영화를 보거나 분위기 있는 식당에서 밥을 먹고 선물 가게에도 가는 등 엄마와 공감하고 소통할 수 있는 계획을 세웠다. 반면 어린 동생들이 원하는 데이트 코스는 주로 마트의 장난감 코너였다. 장난감은 사지 않고 구경만 하는 조건인데도 그 눈요기를 너무나 즐거워했다. 어려서 깊은 대화는 안 되어도 엄마를 혼자 차지하고 있다는 것만으로도 행복해 보였다.

다섯째를 낳고는 아이들에게 선택권을 줄 만큼 시간을 할애하기 어려웠다. 젖먹이 아기를 두고 멀리 갈 수도 없었다. 그래서 데이트를 언제 할 수 있냐고 묻는 아이들에게 새로운 아이디어를 제시했다. 집 근처 카페에서 하루에 두 사람씩 데이트를 하자고 말이다. 첫날은 첫째와 둘째가, 다음 날은 셋째와 넷째가 데이트를 하는 식이었다.

나는 첫째와 함께 카페로 가는 길에 과자점에 들러 젤리를 고르고 카페에서 시간을 보냈다. 데이트가 끝나고 첫째를 집으로 돌려보내면 둘째가 혼자 카페로 왔다. 카페에서 둘째와 시간을 보낸 뒤 함께 과자점에 가서 젤리를 골라 집으로 왔다. 다음 날은 셋째와 넷째가 전날의 코스를 밟았다. 예전보다 많이 간소화되었지만 데이트에 대한 아이들의 기대와 설렘은 전날 잠을 설칠 정도로 여전했다.

데이트 후 아이들 사이에 오가는 대화를 들어보면 카페에서 뭘 시켜 먹었고 어떤 젤리를 골랐는지가 엄마와의 대화보다 더 큰 관심사처럼 보였다. 하지만 엄마와 단둘이 눈을 맞추고 있던 그 짧은 시간이 엄마에게 자기가 특별한 존재임을 확인받은 시간이 되었으리라는 것을 나는 안다. 나 역시도 아이의 이름을 부르고 조용히 눈을 마주칠 때, 그 눈을 타고 아이의 마음으로 내려가면 "애들아"로 부를 때는 만나지 못했던 아이와 마주하곤 했으니까.

지금도 모든 아이들과 데이트를 할 만큼 시간을 할애하기가 쉽지 않다. 그래도 큰 아이들과는 이 일, 저 일 핑계 삼아 함께할 시간을 만든다. 어린 아이들에게는 귓속말을 많이 한다. 아직은 귓속말 자체를 굉장한 비밀로 여기는 나이인지라 "사랑해, 네가 엄마 딸이어서 너무 고마워" 이 한마디에, 그리고 집 안에서 오가며 마주칠 때마다 꺼내 보이는 손가락 하트 하나에, 자기가 엄마에게 얼마나 특별한 존재인지를 느끼며 뿌듯해하는 것이 보인다.

어느 날 아침, 막내가 평소보다 일찍 혼자 일어나 소파에 누워 있는 나에게 왔다. 아이들과 개별적인 시간을 만들기 어려운 우리 집에서는 이런 때가 특별함을 선물할 절호의 기회다. 나는 과할 정도로 안아주며 뽀뽀 세례와 함께 사랑의 메시지를 전했다. 깔깔거리며 한참 웃던 막내가 말한다. "엄마, 언니도 깨워요. 제가 데리고 올게요." 나는 의아해서 왜냐고 물었다. "좋아서요. 좋으니까 언니도 해줘요."

아이들 한 사람, 한 사람의 이름을 불러주고 안아줄 때, 아이들은 받은 그 사랑을 서로에게 흘려보낸다. 이렇게 흘러내리는 사랑을 타고 나는 오늘도 이 많은 아이들을 넉넉히 품에 안는다.

'파란 머리'가 내게 가르쳐준 것

"엄마, 저 머리 염색해요. 파랗게요."

"어…, 그래. 그런데 설마 내가 생각하는 그 파란 색종이의 파란색은 아니겠지?"

"아, 아니에요, 그런 색."

얼마 전 둘째의 머리가 탈색인지 염색인지 노랗게 됐다. 내 평생 염색이라고는 20대 초반에 딱 한 번 갈색으로 물들어본 게 처음이자 마지막이었기에 요즘 아이들의 머리 사정을 잘 모른다. 그런 내가 떠올릴 수 있는 '파란 머리'는 검은색 계열의 바탕에 푸른빛이 도는 머리카락뿐이었다.

인기척이 나고 현관문이 열리는데 세 어린 동생들이 들어오는 식구를 보고는 "와, 슬픔이다!" 하면서 한마디 덧붙인다. "예쁘다!”

무슨 일인가 하여 부엌에서 몸을 돌려 내다보던 나는, 순간 얼음이 됐다. 둘째를 보던 남편도 일시 정지 상태. 말 그대로 파란 머리였다. 세 어린 동생들이 말한 슬픔이는 바로 영화 〈인사이드 아웃〉에 나오는 파란 머리 주인공 슬픔이를 가리키는 것이었다.

드러내지 않았지만 나는 밤새 혼자 머리를 쥐어뜯었다. 도대체 저런 색은 왜 했을까? 내가 알지 못하는 또 다른 세계가 둘째에게 있는 것일까. 내가 용납할 수 있는 색은 딱 노란색까지였다. 그것도 포용력을 한껏 발휘해서 말이다. 여러 가지 다양한 생각들로 머리가 복잡했다.

그런 다음 날이 둘째 생일이었다. 나는 아직도 파란 머리의 충격에서 헤어 나오지 못했는데, 동생들은 언니 생일이라고 아침부터 파티 준비가 한창이다. 언니가 아주 예쁘다고, 선물 상자에 파란 머리 언니를 보이는 색깔 그대로 정성스럽게 그려 넣었다.

막내는 폭죽을 만든다면서 아침 일찍부터 시작해 점심때가 지나도록 방바닥에 앉아 종이 쪼가리들과 씨름하고 있었다. 가만히 가서 보니 한지 같은 얇은 종이를 잘게 잘라 일일이 다른 색 사인펜으로 색칠하고 있는 것이었다. 색종이를 자르면 될 것을 왜 이런 수고를 하는지 알 수 없었지만 아무튼 그 정교한 수작업으로 종이 폭죽이 그럴듯하게 완성되었다.

코끼리를 좋아하는 언니를 위해 코끼리 카드, 코끼리 키링, 코끼리 피규어 등 언니가 좋아할 선물들을 정성스레 포장했다. 세 어린 동생들 중 열한 살인 다섯째는 제법 컸다고 파파고를 이용해 언니가 좋아하는 일본어로 생일 축하 메시지를 쓰기도 했다.

외출했던 둘째가 돌아왔다. 하루 종일 언니를 기다리며 선물을 준비한 동생들의 대대적인 환대와 축하 잔치가 시작됐다. 사실 이 어린 동생들이 아니면 식구가 많아도 이렇게 들썩들썩한 잔치 같은 생일이 가능하겠는가. 종이 폭죽이 터지고 선물이 하나하나 펼쳐질 때마다 탄성이 나왔다. 어린 동생들 덕에 웃고 또 웃으며 나도 잠시나마 둘째의 머리 색을 잊고 생일은 이런 날이구나 싶게 행복한 시간을 보냈다.

어린 동생들에게 파란 머리 언니가 그저 예쁘게만 보이는 게 신기했다. 동생들에게는 파란 머리가 전혀 문제 되지 않았다. 고민에 고민을 거듭하다 둘째에게 왜 이런 파란색으로 했냐고 물었다. 답은 단순했다. "파란색이 좋아서요." 그래, 맞다. 둘째는 파란색을 좋아한다. 방 벽지도 파랑, 이불도 파랑, 파우치도 파랑, 실내화도 파랑. 그래도 머리는 좀…. 물건은 다 파란색일 수 있지만 머리는 아니지 않을까, 내 고민은 끝나지 않았다.

그런데 이 파란 머리에 대한 생각이 정리되기도 전에 갑자기 둘째의 머리가 까맣게 됐다. 어느 날 아침에 일어나 보니 까만 머리다. 보고도 알아보지 못했다. 잠들기 전 다른 머리 색을 보았으니 까만 머리를 보고도 까만 줄 몰랐던 것이다. 둘째가 밤새 셀프 염색으로 까맣게 만드느라 너무 애먹었다고 말을 하는데, 그제야 바뀐 머리 색이 눈에 들어왔다. 숱이 많고 긴 머리를 혼자 염색하려니 얼마나 애를 먹었을지 눈에 훤했다.

다시 반가운 까만색으로 돌아왔는데, 이상하게도 나는 파란 머리를 했을 때보다 더 당황했다. 내 머릿속의 생각들은 아직도 파란 머리를 열심히 따라가고 있는데 갑자기 그것이 사라졌기 때문이다. 마치 굴이 없어진 개미들이 우왕좌왕하는 것처럼 내 생각은 갈 길을 잃고 말았다.

이유는 이랬다. 평소 일본을 좋아하던 둘째가 현재 다니는 대학과 자매결연을 맺은 일본 대학으로 교환학생을 신청하겠다고 결심했고, 면접을 위해 그 아까운 머리를 하루아침에 까맣게 만들게 된 것이다.

그러면서 정성스레 작성한 자기소개서를 보여준다. 자기소개서를 본 나는 깜짝 놀랐다. "아니, 학교에서 이런 일을 네가 다 했단 말이야? 맨날 늦잠 자다 제시간에 학교 가는 것만으로도 힘들어 보였는데." "아니에요, 엄마. 저 열심히 살았어요. 엄마 안 볼 때 저 진짜 성실하게 살았어요. 여기 쓰어 있는 거, 제가 정말 열심히 다 해낸 거예요."

그제야 알게 됐다. 아이들은 '품 안의 자식'이 아니라 아예 다른 사람이라는 것을. 내 자식이기에 다 안다고 생각했지만, 사실 둘째가 말한 대로 내가 보지 못하는 부분이 훨씬 더 많았다. 둘째가 나에게 속한 사람이 아니라 나와 다른 사람인 것을 잊고 있었다. 내 마음이 가진 색으로는 딸의 머리 색을 이해하지 못한 이유다. 이제 세 어린 동생들이 파란 머리 언니를 예쁘게 그려줬던 이유를 알 것 같았다. 동생들은 언니라는 사람을 그냥 좋아하고 사랑한다.

둘째가 교환학생에 합격했다. 전부터 일본 유학을 준비하던 남동생에게 부족한 부분의 지원을 받으며 손 놓고 있던 일본어 공부에 엄청난 집중력으로 몰입하더니 좋은 결과를 얻었다. 둘째는 지금도 자정까지 공부하다 집에 들어와 또 새벽까지 공부를 한다.

용돈 전부를 아르바이트로 벌어 쓰면서 공부까지 열심히 하는 둘째인데 파란 머리 하나에 꽂혀서 일희일비했던 내가 참 작아 보인다.

'₩자 회복'을 외치는
셋째의 학교생활 분투기

닭과 밭을 친구 삼아 지내던 셋째가 학교에 가야겠단다. 신문과 TV 토론을 보면서 정치인이 되고 싶어졌고 대학에 가고 싶어졌는데, 그러려면 진학의 폭이 넓은 학교에 가야겠다는 것이다. 우습게도 셋째가 학교에 가겠다고 했을 때 우리 부부가 가장 먼저 한 질문이 "그럼 닭은?"이었다. 셋째가 대답했다. "그럼 닭 때문에 학교를 안 가요? 학교 다니면서도 돌볼 수 있어요."

셋째를 키우면서 나는 불가능이 없다는 사실을 많이 경험했다. 닭장을 만든 일도 그랬지만, 2019년에 부화시킨 닭을 2025년 겨울을 맞이할 때까지 잘 키우고 있는 것도 놀라웠다.

손수 부화시킨 닭이 처음 알을 품었을 때 셋째는 마치 출산에 정일에 긴장한 아빠처럼 보였다. 닭장 옆에 있는 농막에서 며칠 밤을 보내며 행여라도 놓칠까 희미한 병아리 소리에 귀를 기울이곤 했으니 말이다. 기다리던 병아리들이 나왔을 때의 그 기쁨이란 말로 설명할 수가 없었다. 셋째는 더 바빠졌다. 알을 품느라 수척해진 어미 닭을 몸보신시킨다고 밀웜을 사다 먹였다. 병아리를 보호하고자 큰 닭들 사이에 철망을 세워 병아리 방을 만들어주기도 했다.

병아리가 태어나고 얼마 되지 않은 날이었다. 장맛비가 심하게 내렸다. 병아리가 걱정된 셋째가 밭에 가려고 했다. 앞이 보이지 않을 정도로 비가 오고 마을버스가 언제 올지도 모르는 상황에 그 시골을 어떻게 가려고 하는지, 나는 한사코 말렸다.

그러나 셋째의 고집을 꺾을 수가 없었다. 당시만 해도 셋째는 휴대전화가 없었기에 그저 안전하게 돌아오기를 기다릴 수밖에 없었다. 밤 10시가 한참 넘은 시간에 셋째가 돌아왔다. 그날 가지 않았더라면 병아리 한 마리가 죽을뻔했단다. 가보니 철망 사이에 그 작은 병아리 다리가 걸려서 대롱대롱 매달려 있었다고 한다. 셋째가 가기 얼마 전에 그런 일이 있었던 것 같다. 소름이 돋았다. 닭 아빠의 직감이었을까? 아무튼 그리 정성을 다해 돌보았는데 학교를 간다니 나는 닭 생각이 먼저 났던 것이다.

학교에 수학 과목만 있는 게 아닌데 셋째는 수학 공부와 내신에서는 그리 중요하지 않은 일본어 공부만 열심히 했다. 참고로 셋째는 초등 6학년 나이가 되도록 구구단도 완전히 익히지 못했던 실력이었다. 그런데 동네 수학학원에 가더니 벌써 선행으로 중등수학까지 공부한 아이들을 보고 충격을 받았다. 열심히 노력해 단숨에 동네 아이들 실력을 뛰어넘었다. 그러더니 옆 동네 목동으로 진출해서 자기 실력을 검증받고 싶다며 목동 학원 좀 돌아보자고 난리였다. 솔직히 나는 탐탁지 않았지만 매일같이 반복되는 성화에 목동 학원에서 테스트를 받고 학원을 등록했다. 거기서도 열심히 해서 목동 아이들도 능가하는 점수를 얻자 학교 공부가 별것 아니다 싶었는지, 학교에 가서도 잘할 수 있다고 아주 여유를 부렸다.

이런 자신감을 준 데는 일본어 시험도 한몫했다. 일본어능력시험 중 하나인 JLPT의 가장 낮은 단계인 5급 시험을 신청했다. 그런데 시험 보기 전날, 실수로 1급을 신청해버린 사실을 알게 됐다. 나는 돈이 아깝긴 하지만 아는 것도 없는데 긴 시간 동안 어떻게 앉아 있냐고 가지 말라고 했다. 그런데 셋째는 돈이 아깝기 때문에 더 가야 한단다. 역시나 아는 게 하나도 없었고 시험에서 그대로 떨어졌다.

다시 시험 때가 왔다. 나는 당연히 다시 5급을 신청할 줄 알았는데 지난번에 헛돈 쓴 게 아깝다고 4급을 신청했다. 더 급이 높아진 시험이기에 공부를 많이 해야 함에도 불구하고 전보다 공부를 많이 못 했다. 시험 접수비도 비싼데 이렇게 어이없이 두 번의 시험을 보게 되니 나는 화가 났다. 그래서 셋째에게 말했다. "내가 지원해주는 것은 여기까지다. 다음 시험부터는 네가 돈을 모아서 지원해라."

그랬더니 4급을 떨어진 셋째가 또 돈이 아깝다고 3급을 지원
했다. 참 어이가 없었다. 그 고집을 누가 말리겠는가. 어차피 자기
돈으로 하는 것이니 내버려두었다. 그런데 세상에나, 바로 3급에
붙어버렸다. 그러더니 2년 뒤에 또 돈이 아깝다고 2급을 건너뛰
고 1급을 지원해서 단번에 붙었다. 이런 작은 도전들이 셋째에게
많은 성취감과 자신감을 준 것 같다.

셋째가 드디어 남자 고등학교에 입학했다. 공부도 공부지만
이제까지 여자 형제들 틈에서 자란 아들이 남자 중학교와 남자
고등학교가 함께 있는 학교에 어떻게 적응할까 염려가 되었다.

그런데 웬걸. 입학하자마자 반장 선거에 나가겠단다. 그러면
서 누나들에게 조언을 얻어 연설문을 작성해 갔다. 셋째의 공약
의 핵심은 물질 공세였다. 시험 일주일간 당이 떨어지지 않게 츄
잉캔디 같은 간식 제공, 남자아이들이 냄새가 나니까 페브리즈
비치, 휴대전화 충전 케이블 제공 등 재미나게 연설문을 써갔다.
그러고는 반장에 당선되었다.

이렇게 야심 차게 시작된 학교생활이었지만, 공부의 벽은 생
각보다 컸다. 이제까지 놀았으니 더 많이 하는 게 맞다며 밤을
새우기도 하고, 어떤 날은 스터디카페에서 시간 가는 줄 모르고
있다가 새벽에 집에 들어온 적도 있었다. 그래도 성적이 잘 안
나와 위로해주면, 셋째는 괜찮다며 두 팔을 번쩍 들어올려 "W자
회복"을 외쳤다. 교회 목사님이 설교 중에 크리스천들은 어떤 어
려움이 와도 V자처럼 바닥을 찍고 다시 일어선다는 말씀을 빗대

어 셋째가 만든 말이었다. 고난이 연거푸 와도 일어난다는 뜻이란다. 가끔 학교에 가는 셋째에게 "할만해?" 하고 물었다. 셋째는 담담히 말했다. "네, 할만해요. 걱정 마세요." 그러고는 쉬지 않고 이어지는 수행평가와 시험의 결과를 확인할 때마다 'W자 회복'을 외쳤다.

그러던 중 셋째는 자기가 잘하는 것과 바라는 것을 조화시키기 위해 일본의 대학으로 진학해야겠다는 꿈을 꾸게 되었다. 그래서 12월을 마지막으로 학교생활을 마무리해야겠다고 선생님께 말씀드렸더니, 그동안 학교생활을 너무 잘해왔는데 생활기록부가 마무리되는 시점까지 기다렸다가 가라는 말씀을 듣고 1학년 전 기간을 잘 마무리했다. 완성된 생기부를 보니 여러 칭찬 중에 욕을 쓰지 않고 분위기 메이커 역할을 잘했다는 말이 마음에 와닿았다.

홈스쿨링을 하면서 어른들과도 잘 지내서 그랬는지, 셋째는 인사가 없어진 학급에서 수업을 시작할 때면 "선생님, 안녕하세요" 하고 큰 소리로 인사를 했다. 그러면 다른 아이들도 함께 인사를 하곤 했다. 점심시간에 교장 선생님과 마주치면 "선생님, 밥이 너무 맛있어요" 웃으며 인사했고, 교장 선생님도 "어, 그래, 많이 먹어" 하고 웃으며 화답하셨다.

학교생활을 마무리하며 큰 아이들이 다 함께 식탁에 둘러앉아 지난 한 해 어땠는지 서로의 감회를 나누는 시간을 가졌다. 셋째 차례가 되었다. 갑자기 울먹이더니 눈물이 떨어졌다. 이런 진지한 모습은 처음이었다. 늘 웃으면서 장난스레 'W자 회복'을 외쳤는데, 미처 말하지 못한 어려움이 있었구나. "할만해요" 그 한마디를 전부로 생각했던 것이 미안했다. 'W자 회복'을 장난스레 외칠 때, 때로는 웃는 게 웃는 게 아니었구나 싶었다.

셋째가 말했다. "처음 학교에 갔을 때, 이미 중학교에서 친구 관계가 형성되었기 때문에 다들 친구가 있었어요. 어떻게 친구를 만들고 살아갈까 고민하고 나름 방법을 많이 연구했어요. 그런 상황에서도 제가 잘해온 것 같아요." 지금까지의 인생에 있어서 가장 큰 산 하나를 잘 넘어온 자신이 스스로 대견한가 보다. 뿌듯함이 배어 나오는 눈물에서 나는 미처 알아주지 못한 미안함과 함께 이제 어른이 되어가는 셋째를 보게 되었다.

학교를 나와서 일본에 갈 준비를 한 지도 벌써 1년이 되어간다. 얼마 전 일이 있어서 남편과 함께 일본을 다녀왔다. 통역을 위해서 셋째도 함께 갔다. 셋째의 통역이 있어서 아주 짧은 시간 동안 계획한 일을 다 마치고 돌아왔다.

홈스쿨링을 시작할 때부터 아이들에게 가르치고 싶었던 삶을 대하는 태도들이 있었다. 요즈음 나는 그것들이 아이들의 삶에 열매로 나타날 뿐 아니라, 그 열매를 먹으며 나 또한 힘을 얻는다는 것을 깨달았다.

사실, 나도 이렇게 부족한데 어떻게 아이들을 가르치겠는가? 그러나 '속도보다 방향이 중요하다'고 누군가 한 말을 떠올린다. 속도를 내는 것은 꿈도 못 꾸었지만 방향을 잃지 않고 가려고 참 많이도 버텨냈다. 가다가 엎어지면 내가 어디에 있는지 고개를 들어 방향을 살피고, 어그러지는 다리를 일으켜 세우기를 얼마나 많이 반복했는지. 때로는 그렇게 엎어지는 걸음만 이어질 때도 있었다. 그런데 돌아보면 아이들을 사람으로 만들려는 그 걸음을 통해 정작 내가 사람이 되어온 것 같다.

딸부잣집의
사려 깊은 셋째 딸

"엄마, 저 여권 있어야 하지 않아요?"

월요일 아침 8시 비행기로 우리 부부와 셋째, 그리고 딸로서는 셋째 딸인 넷째, 이렇게 넷이서 일본을 가려고 한 달 전에 티켓팅을 해놓았다.

그런데 바로 전날 밤에 우리는 한 달 전에 신청했던 넷째의 여권이 아직도 구청에 있다는 사실을 뒤늦게 깨달았다. 그간 넷째가 여권을 찾아달라고 몇 번 부탁하긴 했으나 김장이다 뭐다 해서 나는 나대로 넷째는 넷째대로 일이 많아 정신없는 시간들을 보내는 통에 까맣게 잊은 것이다.

바로 다음 날 아침 출국인데 여권이 없다는 사실에 머리가 하얘졌다. 구청에 아는 사람을 비롯해 당직 직원에게 전화도 해보고, 인터넷, AI 등 폭풍 검색을 해보았지만 이른 아침 시간 비행기라 방법이 없었다. 올해로 열다섯 살인 셋째 딸에게는 첫 해외여행이라 기대도 많이 했고 친구들에게 자랑도 했는데 이런 황당한 일이 일어날 줄이야. 꿈이라면 좋겠다 싶었다. 너무 미안했지만 정작 당사자인 셋째 딸도 본인 여권인데 엄마만 믿고 확인하는 것을 잊었으니 할 말이 없는지 아무 말도 하지 않는다.

나는 다음 날 그냥 학교에 가기를 권유했다. 그런데 갈 마음이 나겠는가. 집에 있다가 마음이 나아지면 학교에 가겠단다. 아침 8시 비행기라 슬픔 속에 잠든 셋째 딸에게 인사도 못 하고 이른 새벽에 나섰다. 우리는 셋째 딸이 부탁한 선물 몇 가지를 사 왔다. 그리고 언니와 오빠가 곧 일본에 있는 대학을 가게 되면 그때 꼭 다시 데려가겠다고 약속했다. 다행히도 일본에서 사 온 선물과 다음번 여행에 대한 기대로 여권 때문에 못 가게 된 서운함에서 금방 벗어났다.

딸부잣집 셋째 딸은 얼굴도 안 보고 데려간다는데, 딸이 여섯인 우리 집 셋째 딸을 보면 정말 그러하다. 어려서부터 첫째와 둘째를 딱 반씩 섞으면 좋겠다는 이야기를 많이 들었다. 그런데 셋째 딸이 그랬다. 이해심과 배려심이 많은 첫째와 자기 일에 야무지고 충성스러운 둘째의 장점만 모아놓은 것 같았다. 그러니 꼬마 시절부터 아주 똑 부러지면서도 가족을 많이 생각하고 챙긴다. 아이들 중에서도 엄마의 건강을 가장 많이 염려해준다.

그래서일까. 산더미 같은 빨래도 그 작은 손으로 찬찬히 개키고, 설거지며 집 안 정돈을 나보다도 더 잘해내곤 한다. 셋째 딸의 손이 지나가는 곳은 정말 어떻게 이런 정리가 가능할까 싶을 정도로 깔끔하고 단정해진다. 가끔 내가 외출하고 돌아오면 우렁각시가 다녀간 것처럼 온 집을 아주 훤하게 만들어놓는다. 나는 셋째 딸만큼 정리를 잘하지 못한다. 그래서 우리 집의 '원조 정리의 여왕'인 둘째가 정리를 시작하면서 나도 정리에 대해 각성하게 되었다. 그리고 간혹 정리에 대한 견적이 안 나올 때면 '셋째 딸이라면 어떻게 했을까?'를 생각하며 정리하곤 한다. 참 신기하다. 가르쳐주지도 않았는데 스스로 어떻게 그런 기술을 터득했으며 엄마인 내가 그런 아이들한테 배우고 있다는 것이 말이다.

살림꾼인 셋째 딸을 보면서 사람들은 칭찬해주지 말라고 했다. 칭찬에 힘입어 일을 더 할 수도 있으니 너무 많은 칭찬을 하지 말라는 것이다. 그런데 눈에 보이는 이 고마운 것을 또 어떻게 칭찬하지 않을 수가 있을까. 그래서 늘 말하곤 했다. 고맙지만 힘들면 안 해도 된다고. 그럴 때마다 자기가 좋아서 하는 일이란다.

지금은 동생들에게 정리정돈을 훈련시킨다. 마음 같아서는 내가 그냥 치우는 것이 쉽고 훨씬 빠른데, 절대로 나는 손을 못 대게 한다. 내가 해주기 시작하면 스스로 정리하는 습관을 익히지 못한다는 것이다. 좀 느려도 스스로 할 수 있도록 훈련시켜야만 된다며 나의 간섭에 철벽을 친다. 그 바람에 어린 동생들도 정리를 잘한다. 특히 셋째 언니가 돌아올 시간이 되면 긴장하며 알아서들 정리정돈 태세를 갖춘다.

셋째 딸은 나를 정말 많이 생각해주었다. 어린 동생들이 엄마를 부르지 않는 시간을 만들어주기도 했다. 동생들이 나에게 한꺼번에 매달리면 엄마가 힘들다고, 이제 엄마한테서 떨어질 시간이라며 선을 그어주는 것이다. 내가 큰 아이들 일로 힘들어서 혼자 중얼중얼 넋두리하고 있을 때는 조용히 다가와 이렇게 말한다. "엄마, 그럼, 우리 같이 언니들의 장점을 한번 이야기해봐요." 장점을 이야기해보기도 전에 이 말 한마디에 나는 큰 위로를 받았다. 어떻게 열 살을 갓 넘긴 아이가 언니들도 엄마도 아끼고 사랑하는 이런 말을 할 수 있을까?

셋째 딸은 그랬다. 지나가다가 크고 멋진 전원주택을 보며 내가 부러워하면 자기가 나중에 저렇게 큰 집을 짓겠다고 말했다. 방도 많이 만들어서 온 가족을 다 그 집에 품겠단다. 그러면 나는 꼭 그렇게 할 수 있을 것이라고 말해주곤 했다. 어린 시절 셋째 딸은 언제나 가족 안에서 자기의 꿈을 그렸다.

그렇게 항상 위로와 힘을 주던 셋째 딸이 어느 날 살며시 내게 다가오더니 조심스레 말을 꺼냈다.

"엄마, 동생들하고 지내는 것도 좋지만 친구들은 어떻게 지내고 있는지 궁금해요. 제가 학교에 다녀보면 어떻겠어요?"

셋째 딸은 자기가 언제부터, 어떤 이유로 학교에 가고 싶었는지를 이야기하기 시작했다. 그래서 우리는 학교에 있는 참관 제도를 이용해서 몇 달간 학교를 경험할 수 있게 해주었다. 그러다 학교를 더 다니고 싶다기에 7남매 중 유일하게 처음으로 6학년 때 초등학교에 입학하게 되었다. 셋째 딸은 연기에 소질이 있어서 학급에서 연기여왕상도 받으며 아주 재미있게 초등학교 생활을 마쳤다.

지금은 집에서 왕복 3시간 거리에 있는 대안학교를 피곤한 줄 모르고 즐겁게 다니고 있다. 지난번 수학 시험에서는 수학을 어려워하는 친구를 가르쳐주었나 보다. 그 친구 성적이 많이 올랐다면서 엄청 기뻐한다. 또 요즘은 집에서 베이킹하는 것을 좋아해 시간이 날 때면 타고난 손맛으로 가족을 기쁘게 해주기도 한다.

가족을 배려하는 셋째 딸을 위해 나도 방학이면 딸의 친구들을 집과 밭으로 초대했다. 사춘기 소녀들은 군것질거리를 잔뜩 사다 방에 쟁여놓고 무슨 비밀이 그리 많은지 방 안에서 꿈적 않고 이틀 밤 정도는 거뜬히 새워가며 수다를 떨었다. 밭에 친구들을 초대할 때면 아빠가 하루 휴가를 내고 셋째 딸에게 후한 점수를 얻었다. 셋째 딸과 친구들을 위해 달빛 아래 평상에서 고기를 구워주거나 모닥불을 피워주고, 필살기 항아리 바비큐로 아이들에게 큰 기쁨을 선물했다.

셋째 딸이 예닐곱 살 때, 단둘이 데이트를 한 적이 있었다. 그때 내가 집에 있으면서 가장 좋은 것이 무엇이냐고 물었다. 나는 대체로 형제들이 많아서 좋다거나 뭔가 하는 일 중에 좋아하는 것을 말하리라 생각했다. 그런데 나이뿐 아니라 몸집도 작은 그 아이가 내가 상상할 수 없는 말을 했다. "저는 하나님이 나를 기뻐하셔서 참 좋아요." 어떻게 이 어린 나이에 자기를 만든 존재 안에서 자기의 가치를 인식하고 기뻐할 수가 있을까?

시간을 따라 더 거슬러 올라가 보니 그랬다. 셋째 딸이 말이 갓 트이던 네 살쯤이었다. 함께 홈스쿨링을 하는 한 엄마가 앙증맞게 귀여운 셋째 딸에게 이름에 대한 통상적인 질문으로 "은혜야, 너는 무슨 은혜야?" 하고 물었다. 그러자 셋째 딸 은혜가 혀 짧은 말로 대답했다. "우리 은혜요." "하하, 그래. 우리 은혜 맞다." 질문한 엄마와 나는 맞장구치며 함께 웃었다.

만나는 사람마다 따뜻한 마음과 밝은 웃음을 선물하는 은혜는 지금도 그때처럼 모두가 좋아하는 '우리 은혜'가 맞다.

"엄마, 똥 좋아해요?"

"엄마, 똥 닦아주세요."

자명종처럼 아침을 깨우는 소리였다. 자명종은 끌 수 있지만 다섯째의 이 외침은 더 커지기 전에 반드시 일어나야만 했다. "너 똥 싸는 거 동네가 다 알겠다." 아침 인사처럼 내가 다섯째에게 했던 말이다.

다섯째가 여섯 살이던 해까지 혼자 배변을 처리하기 힘든 아이가 세 명이었다. 한 화장실에서 세 아이가 동시에 대변을 처리할 때도 종종 있었다. 다섯째는 어른 변기에, 여섯째는 유아 변기에, 막내는 기저귀에 말이다. 이렇게 아이들은 하루에도 몇 번씩 번갈아 똥을 누었다.

하루는 다섯째가 또 산 정상에서나 들릴 법한 메아리 같은 소리로 똥을 누었다고 나를 호출했다. 부리나케 달려가니 아이가 진지하게 물었다. "엄마, 똥 좋아해요?" 아주 짧은 순간 지난 육아의 고충에 대한 기억들이 스쳐 지나갔다. 다시 한번 물었다. "엄마, 똥 좋아해요?" 잠시 멈칫하는 사이, 확신에 찬 어조로 아이가 물었다. "엄마, 똥 좋아하지요?" 똥 쌌다는 외침이 들리면 단숨에 달려가 잘 쌌다고 칭찬하니, 엄마가 똥을 좋아한다고 생각한 모양이다. 그래서인지 다섯째는 똥을 눌 때마다 엄마에게 큰 선물을 안겨준 것처럼 목소리에도 어깨에도 힘이 들어가 있었다.

똥을 좋아하냐는 이 질문에 나는 웃음과 함께 기쁨이 밀려왔다. 30대 중반, 정신없이 아이 넷을 키울 때였다면 '내 인생이 이게 뭔가, 매일 아이들 똥만 닦다가 젊고 창창한 시절 다 보내겠네' 생각했을지도 모르겠다. 수시로 어질러진 것들을 치우며 여기저기 흘리는 음료수를 닦고 사소한 치다꺼리들에 젊은 인생 전부를 쏟는 것 같아 가끔은 우울하기도 했다.

하지만 나에게 일거리를 만들어주는 것이 아이들의 일이요, 그 치다꺼리를 하는 것은 아이들에게 '엄마'라고 불리는 이름에 요구되는 특권이라는 것을 어느 순간 알게 되었다. 아이들의 어린 시절, 모든 이가 쉬는 밤에도 잠자리를 살펴주어야 하는 자잘하고 손이 많이 가는 일들이 주를 이루었다. 그때는 언제 지나는가 싶었는데 돌아보면 인생에서 가장 반짝거리며 행복했던 시절이었다.

어린 아이들을 데리고 외출할 때면 나를 보는 할머니들이 한결같이 말씀하셨다. "지금 힘들지? 그런데 이때가 제일 좋은 시절이야." 의아하게도 지금 젊은 엄마들을 보면서 이 말을 그대로 따라 하는 나를 발견하게 된다.

큰 아이들의 어린 시절이 이제는 행복한 꿈을 꾼 듯 아득한 기억이 되어버렸고, 간혹 그때가 그립기도 하다. 그 사랑의 수고를 먹고 이제는 내 키를 훌쩍 넘긴 아이들이 넷이나 된다. 어른만큼 큰 아이들이 함박웃음으로 나를 엄마라고 부를 때, 이 귀한 선물이 자격 없는 내게 어떻게 왔는지 감격스러울 때가 많다. 오래전 힘들었던 일들은 오늘날 아이들과 함께 회상하며 한껏 웃게 만드는 추억이 되었다. 그러니 오늘 똥을 닦아주는 이 일이 기쁘지 않을 수 없다. 아이 눈에도 내가 그렇게 보인다니 참 감사하다.

나에게 있어 육아 시즌 2를 열어준 다섯째는 낳자마자 한 번 안아보지도 못하고 신생아중환자실로 직행했다. 심장과 폐를 비롯해 여러 병명으로 산정특례*중증질환 치료 시 환자 부담 진료비를 경감해주는 제도를 받았다. 인큐베이터 앞에 설 때마다 눈을 뜨지 못하는 아기 얼굴을 바라보며 말해주었다. "너는 승리야. 꼭 네 이름대로 될 거야." 어쩌면 나 자신에게 하는 말이었을지도 모르겠다.

이름대로 승리는 병을 이기고 인큐베이터에서 나왔다. 남매 중 밥도 가장 잘 먹고 아프지도 않고 튼튼하게 자랐다. 튼튼하다는 말보다 딴딴하다는 말이 더 잘 어울릴 정도로 승리는 몸도 마음도 꽉 차게 자라고 있는 아이다. 이런 승리는 말은 다섯째지만 어린 세 딸 중에서는 대장이고 내가 없을 때는 엄마의 역할도 제법 잘해내는 왕언니다.

왕언니답게 통도 크다. 지금보다는 몸집이 작았던 작년 여름의 일이다. 비타민 음료 두 개를 사 오라고 심부름을 시켰다. 걸어서 2분이면 갈 슈퍼인데 꽤 시간이 걸려서 무슨 일이 있나 싶었다. 그때 낑낑대며 다섯째가 들어왔다. 손에는 나도 한 손으로 들기 무거운 음료수 박스가 들려 있었다. 두 개를 두 박스로 알아듣고 두 박스 묶음으로 된 한 박스의 음료수를 사 온 것이다. 이렇게 무거운 물건이면 엄마가 심부름을 시켰겠냐고 했더니, 자기는 우리가 식구가 많으니 두 개를 당연히 두 박스로 알아들었다는 것이다. 무거워서 그 짧은 거리를 오다 쉬다 하면서 왔던 것이다.

왕언니답게 홈스쿨 반장 같은 다섯째는 아침에 일어나면 자기가 짜놓은 스케줄대로 시키지 않아도 거실에 있는 책상에 앉아서 하루 일과를 시작한다. 그러면 동생들도 묵직한 언니 옆에 앉아서 각자의 일과를 시작한다. 다섯째는 스스로 한글을 뗀 실력으로, 모르면 물어가며 영어와 수학을 공부한다. 책 읽기도 좋아해서 글밥이 많은 명작 한 권 정도는 금세 읽어 내린다. 잠들기 전에는 가끔씩 엄마를 대신해서 동생들에게 책을 읽어주기도 한다.

기억력이 좋은 다섯째는 자꾸만 기억력이 감퇴하는 나에게 비서 역할을 해주기도 한다. 교회 주일학교 교사를 하는 나는 주

소록을 아무리 봐도 동료 교사들의 이름이나 자녀들의 이름을 매칭시키기가 너무 어려웠다. 지나가다가 선생님들을 마주치며 인사할 때면 다섯째에게 방금 만난 선생님 이름이 뭐냐고 물어본다. 그러면 선생님의 이름뿐 아니라 나이와 자녀 이름까지 말해준다. 하다못해 동생들 반의 주일학교 공지 사항까지 일일이 체크하고 홈스쿨링 모임의 준비 사항까지 내가 허술하게 놓치는 부분들을 잘 챙겨준다.

이렇게 집에서는 꼼꼼한 성격의 다섯째일지라도 밖에 나오면 무장해제가 된다. 흙에서 놀면 앞뒤 안 가리고 흙투성이가 되고 물에 들어가면 해가 지도록 나올 생각을 않는다.

올해는 다섯째가 마당에 있는 소꿉 놀이터를 아주 그럴 듯하게 개선했다. 땅을 파서 부뚜막도 만들고 돌과 나무판을 이용해 조리대도 만들었다. 동생들과 함께 앉아서 놀기에도 넉넉해 보였다.

소꿉놀이에 단련된 솜씨로 갱년기인 내가 몸이 안 좋아 아침에 늦잠을 잘 때면 능숙한 솜씨로 계란찜을 한다. 계란볶음밥도 잘한다. 아빠를 워낙에 좋아하는 아이라 가끔씩 커다란 계란찜으로 아빠에게 정성스러운 밥상을 선물하기도 한다.

그런 다섯째가 요즘은 글 쓰는 재미에 빠졌다. 미래의 작가를 꿈꾸는 다섯째의 글을 그대로 옮겨보았다.

농막에서의 즐거움

농막에서 하면 재밌는 것들

주말에 우리 가족끼리 모이면 밭일도 하고 놀기도 했다. 그중에 가장 재밌는 놀이는 봄, 여름, 가을에 해야지 정말 재밌다. 그것은 소꿉놀이다. 물론 겨울에 해도 재밌겠지만 겨울에 하면 가장 재밌는 것은 눈오리 만들기, 눈사람 만들기, 눈싸움하기 등등의 재밌는 것들이 농막에는 많다. 여름에는 수영하기, 계곡 탐험하기(계곡 탐험은 친구들이 많이 와야 할 수 있다), 송사리 잡기, 잠수하기 등등의 재밌는 것을 할 수 있다. 나는 물놀이하는 게 가장 좋다. 그래서 나는 사계절 중에 가장 좋아하는 계절도 여름이다.

기쁨

우리 농막은 4월~10월에 손님이 찾아온다. 손님은 나의 할머니, 할아버지이다. 할머니와 할아버지는 밭을 가꾸러 오신다. 물론 우리 가족도 오겠지만 우리 가족 중엔 밭을 가꾸는 능력을 가진 사람이 없다. 그래서 할머니, 할아버지가 오시는 것이다. 할머니, 할아버지가 오시면 우리 밭은 꽃밭이 된다. 그러면 운동하다 지나가는 사람들이 우리 밭의 꽃을 꼭 한 번씩은 구경하고 간다. 여름엔 우리 가족도 많이 온다. 우리 가족이 오면 제일 먼저 하는 것은 수영복으로 갈아입는 것이다. 그러고는 제일 깊은 계곡으로 가서 잠수나 수영을 한다. 겨울에는 차에서 나오자마자 눈사람을 만든다. 그러고 나서 바닥에 누워 천사를 만든다. 그런 기쁨은 집에 와서도 계속된다. 우리 가족은 농막 한 채로 인해 아주 큰 기쁨을 누린다. 이 이야기를 읽고 행복했으면 좋겠다.

글쓴이: 김승리(김미영의 딸)

손끝 야무진
여섯째의 가족 사랑

오래전 친구와 함께 건강검진을 받으러 갔다. 위내시경을 준비하고 있던 나는 검진센터에 있는 산부인과 진료실로 불려 갔다. 여기서 내시경을 할 게 아니라 산부인과 전문병원에 가서 진료를 받아보라는 것이다. 자궁초음파 결과에서 아기집이 보였다고 했다.

여섯째 계획이 전혀 없던 나는 '하늘이 노랗다'는 말이 실감 났다. 친구와 함께 가서 다행이었다. 다리가 후들거려서 옆에서 잡아주는 사람이 없었더라면 제대로 집에 돌아오기 힘들었을 터였다.

그렇게 우리 집에 여섯째가 찾아왔다. 다섯째 동생이 너무 예뻐서인지 큰 아이들이 엄마 배에 또 아기가 생겼다고 기뻐했다.

그런데 염려되는 것이 있었다. 아기가 생긴 줄 모르고 한 달 가까이 이비인후과에서 약을 처방받아 먹었던 것이다. 산부인과에서도 연락이 왔다. 처음으로 기형아검사를 받았는데 수치가 너무 높아서 양수검사를 해보는 게 좋겠다는 내용이었다. 병원에서는 기형아라 해도 현재로서는 해줄 수 있는 것이 없다고 했다. 그래서 그냥 온 가족이 아기의 건강을 위해 기도하며 출산을 기다렸다.

여섯째라 그런지 진통이 시작되자마자 아기가 나왔다. 의사 선생님이 진료실 바로 옆에 있는 분만실에 도착하기도 전이었다. 너무너무 예쁜 아기였다. 여섯 남매 중 가장 예쁜 얼굴이었다. 신생아인데도 어쩜 그리 예쁜지 조리원에서도 미스코리아라고 별명이 붙었다.

그런데 백일 즈음부터 아기의 눈이 점점 안으로 쏠리기 시작하더니 '영아내사시'라는 진단을 받았다. 생후 6개월부터 안경을 쓰고 돌 즈음 첫 수술을 받았다. 너무 심한 사시라 연거푸 두 번 수술할 수도 있다고 했는데, 다행히 경과가 좋아 돌 때와 일곱 살에 각각 한 번씩 사시 수술을 받았다.

아기가 질병을 갖고 태어나니 다 내 책임 같아서 자책감이 생겼다. 임신 초기에 먹었던 약 때문인가 싶은 마음도 컸다. 그때 함께 홈스쿨링을 하며 아이가 사시 치료를 받고 있는 엄마가 나에게 말해주었다. "엄마 때문이 아니에요. 저는 아이가 뱃속에 있을 때 좋은 것만 해줬어요." 그 말이 참 위로가 되었다.

지금은 내가 여섯째에게 최고의 엄마라는 것을 안다. 여섯째는 특히 내가 자기의 엄마라는 것을 남매 중 누구보다 자랑스러워한다. 누군가 무대 위에서 아이가 넷이라고 칭찬받는 장면을 멀리서 지켜본 적이 있다. 내 옆에 앉아 있던 여섯째가 안타까워하면서 엄마도 나중에 꼭 사람들 앞에 나가서 칭찬을 받아야 된다고 했다. "우리 엄마를 보세요. 우리 엄마를 봐야 한다구요. 우리 엄마는 7남매 엄마라구요." 오늘 내가 이렇게 용기 내어 글을 쓰고 있는 것도 그 응원 때문인지 모르겠다.

7남매를 키우면서 발견한 신기한 점은 홀수 계열은 나를 닮고 짝수 계열은 아빠를 닮았다는 것이다. 외모부터 성격, 체질, 성향까지도 비슷하다.

'원조 정리의 여왕' 둘째의 소질을 이어받은 넷째에 이어, 여섯째도 자기 살림 정리를 깔끔히 한다. 그뿐만 아니라 뭔가를 먹고 나면 설거지도 곧잘 한다. 처음에는 내심 안 했으면 싶었다. "엄마, 엄마, 여기 와보세요. 깨끗하죠? 제가 다 했어요." 이렇게 뿌듯해하는 아이에게 잘했다고 칭찬해주면서도, 서툰 탓에 보이지 않게 다시 손을 대야 하는 것이 귀찮았기 때문이다. 그런데 지금은 내가 다시 하지 않아도 될 정도로 아주 잘한다.

심지어 여섯째는 밥도 잘한다. "엄마, 밥하려면 저를 부르세요." 쌀 씻는 것을 너무 좋아해서 처음에는 쌀 씻기만 가르쳤다. 쌀알을 밥솥 주변 여기저기 퍼트리는 것이 귀찮아 밥은 안 했으면 싶었다. 그러다 밥솥에 쌀 넣는 것을 가르쳤더니 작지만 야무진 손으로 너무 잘한다. 밥물도 완벽하게 잘 맞춘다.

2년 전 밭에 마늘을 심은 적이 있었다. 한 양푼이나 되는 마늘을 다섯째, 여섯째, 일곱째가 달라붙어 깠다. 맵기도 하고 지루하기도 하니, 다섯째와 일곱째는 마늘에서 금세 손을 뗐다. 그런데 여섯째는 끝장을 보려는 기세다. 두어 시간을 꼬박 앉아서 까다가 잘 시간이 됐다. 아침에 눈을 뜨자마자 여섯째가 마늘이 어떻게 됐냐고 묻는다. 그러더니 밤새 식탁 위에서 그대로 밤을 샌 마늘에 다시 달라붙어 끝내 한 양푼의 마늘을 혼자서 다 까버렸다. 지난 김장 때는 다듬기엔 손이 많이 가는 쪽파 한 단을 혼자 앉아 다 다듬어버렸다. 가끔 일곱째와 쌍둥이냐는 질문을 받을 만큼 작은 몸집이지만, 그 몸에서 나오는 끈기와 인내심은 대단하다.

얼마 전 아빠가 식탁에서 여섯째가 지은 밥을 먹으며 물었다. "영원이는 밥을 왜 이렇게 잘해요?" 여섯째가 전혀 뜻밖의 대답을 한다. "엄마가 힘들까 봐요." 옆에서 듣던 나는 울컥하는 눈물을 참고 거들어 물었다. "그럼 설거지는? 설거지도 엄마가 힘들까 봐 그렇게 열심히 하는 거야?" "네에." 이 작은 아이 마음에 그렇게 깊은 속이 있는지 몰랐다. 그동안 몰라준 게 미안했다.

여섯째의 따뜻한 마음은 어린 동생에게도 귀엽게 흘러간다. 몸집은 비슷한데 밖에 나가서 계단을 오르내릴 때면 동생 손을 잡아준다. "조심해. 그렇지. 살살, 조심조심." 다정하게 말하며 두 살 어린 동생의 걸음을 살핀다. 소파 위에서 낮잠을 자는 동생에게 팔베개를 해주고 머리도 쓰다듬어준다.

눈 수술을 위해 병원에 입원했을 때다. 눈 한번 꿈쩍 않고 손 등에 주삿바늘까지 잘 꼽았다. 그런데 병실 침대로 돌아오자 갑자기 눈물을 뚝뚝 흘린다. "아픈데 참은 거구나. 많이 아팠지?" 그러자 돌아오는 대답이 놀랍다. "아니요, 언니랑 동생이 너무 보고 싶어서 그래요."

어떻게 위로해줄까 싶어 가져간 스케치북을 꺼냈다. 여기에 보고 싶은 가족을 그리라고 하니 우리 아홉 식구를 그린 다음, 언니와 동생에게 하트까지 그려 넣는다. 전날 병원에 와서 다음 날이면 집에 가는데, 그리운 마음은 그림만으로는 달래지지 않는가 보다. 병원에 있는 선물 가게에서 예쁜 선물을 사 가자고 하니 언니들과 동생이 기뻐할 생각에 설레는지 얼굴이 환해진다.

여섯째만 보고 싶은 것이 아니었다. 집에서 기다리던 다섯째와 일곱째도 같은 마음이었나 보다. 현관문을 여는 순간 눈물겨운 상봉이 시작됐다.

내가 어렸을 때 형제 많은 집 친구는 자기를 괴롭힌 동네 친구를 그 집 형제들에게 꼭 일러주었다. 여섯째가 언니와 동생에게 자기 아픔을 일러주는 모습이 꼭 그래 보였다. 어디어디에 주사를 맞고 아팠는지 일러준다. 그럼 그 아픔을 꾸짖기라도 하듯이 고생했다고 여섯째를 보듬어준다.

아이들의 끈끈한 사랑 사이에는 병이 주는 아픔이 정차하지

못한다. 항상 그 사랑이 병을 꾸짖는다. 그래서 그런 걸까. 그 많
던 병원 기록들이 이제는 다 예쁜 추억으로 보인다.

천사의 눈에 비친
엄마 얼굴

일곱째는 우리 가족에게 분에 넘치는 기적의 선물이다. 마흔을 훌쩍 넘은 노산에 이렇게 예쁘고 꽉 찬 열매처럼 사랑스러운 아기가 우리 집에 오다니.

일곱째는 천성이 천사다. 내리사랑을 많이 받아서 그런가 싶기도 하다. 마음 씀씀이가 참 깊다. 아이 일곱을 키웠지만 나면서부터 이렇게 배려심이 있는 아이는 처음이었다. 주는 것을 좋아해서 간식이 있으면 꼭 나눠 먹는다. 간식을 받을 때 언니들이 옆에 없으면 언니들 몫을 꼭 챙겨둔다.

간혹 내가 혼자 간식을 몰래 먹다 들킬 때가 있다. 다른 아이들 같으면 간식을 조금 나눠주면서 소문내지 말라고 하면 비밀이 지켜진다. 그런데 막내한테는 그게 안 통한다. 막내한테 걸리면 막내는 꼭 언니들에게 나눠주기 때문이다.

한번은 막내가 다이소에서 예쁜 필통을 하나 샀다. 그런데 그게 여섯째의 손에 들려 있다. "아니, 어제 산 필통인데 이게 왜 언니한테 있어?" "언니가 너무 갖고 싶어 해서 언니 줬어요." 나는 마음이 짠했다. 자기도 갖고 싶었던 물건일 텐데, 그 어린 마음에 언니를 외면할 수가 없어서 주었다는 게 안쓰러웠다. 그래서 평소에 잘 안 쓰는 인심을 좀 써봤다. "그랬구나. 나라 마음이 예뻐서 엄마가 필통 하나 다시 사줄게." 그런데 당시 여섯 살이었던 막내의 말에 내가 부끄러워졌다. "아니에요. 제가 주려고 결심한 거니까 다시 안 사도 돼요."

한번은 할머니가 주신 생일 용돈으로 수산시장에서 새우를 사다 구워 먹었다. 첫째에게서 곧잘 새우를 받아먹던 막내가 첫째한테 말한다. "언니, 나 이제 새우 안 줘도 돼." 새우를 좋아하는 막내가 얼마 먹지 않고 그만 주라 하니, 첫째가 왜냐고 물었다. 막내가 대답했다. "나 까주느라 언니가 못 먹잖아." 어린 동생들 입에 들어갈 새우를 까느라 첫째가 먹지 못하고 있는 것을 막내는 다 보고 있었던 것이다.

아이들이 많으니 대부분의 옷을 물려 입는다. 학교도 가지 않으니 굳이 좋은 옷을 입을 필요도 없다. 정 없으면 꼭 필요한 것만 산다. 지난여름 여섯째가 입을 만한 반바지가 없었다. 마트에 가기 전에 여섯째 반바지만 사러 가는 거라고 미리 일러두었다. 잘 가지 않던 옷가게를 둘러보니 예쁜 새 옷들이 눈에 들어왔나

보다. 그래도 사 달라고 떼쓰지 않는다. 괜찮은 반바지 하나를 골랐다. 그런데 막내가 내심 부러웠나 보다. 조용히 나를 세워놓고 말한다. "엄마, 저도 청반바지가 없는데 혹시 저도 맞으면 언니랑 같이 입어도 돼요?" 그때는 빨리 쇼핑을 마쳐야겠다는 생각에 별 대꾸 없이 나왔다. 집에 와 생각해보니 얼마나 새 옷이 입고 싶었을까, 막내의 마음이 느껴졌다.

우리 아이들과 또래지만 키가 커서 예쁜 옷을 물려주는 친구가 있다. 그 집 엄마에게 이 이야기를 했다. 며칠 뒤 그 친구 할머니가 손녀들의 옷을 사러 가셨다가 우리 막내의 예쁜 원피스를 함께 사 오셨다. 하늘하늘 정말 예쁜 하늘색 원피스였다. 막내가 얼마나 좋아하는지 잘 때도 입으려고 했다. 그 예쁜 원피스를 여름 내내 공주처럼 입고 다녔다.

지난겨울, 크리스마스 날의 일이다. 성탄절에 교회에 갈 준비를 하던 막내가 화장실에서 갑자기 "아! 내 목!" 하더니 목을 움직이질 못했다. 처음에는 담이 온 줄 알았는데, 한의원과 정형외과를 거쳐 소아정형외과에서 목뼈 탈구 진단을 받았다. 두 달 넘게 잘 때도 목보호대를 했고 낮에는 아홉 시간 이상 견인장치에 목을 올려놓고 지냈다. 막 일곱 살에 들어선 나이인데도 얌전하게 잘 참았다. 견인장치 때문에 움직이지 못하는 동생을 위해 다섯째, 여섯째 두 언니는 지극정성이다. 밥도 먹여주고 옆에 앉아 책도 읽어주며 동생이 심심하지 않도록 다 낫는 날까지 견인장치 아래에서 옹기종기 함께 시간을 보냈다. 즐거울 때도 아플 때

도 늘 함께 붙어서 서로를 어루만져주는 것을 보면 많이 낳기를
정말 잘했다고 나를 칭찬하게 된다.

막내가 여섯 살 때의 일이다. 내 옷 서랍장이 있는 방에서 나
오는 막내의 얼굴이 풀이 죽어 있었다. 시무룩한 얼굴이 어딘가
근심 어린 슬픈 빛이다. "왜? 기분 안 좋은 일이 있어?" 내가 물
었다. 그러자 무슨 뜻인지 알 수 없는 말을 한다. "아빠가 아줌마
랑 결혼해서 속상해요."

이게 무슨 뚱딴지같은 소리인지 다시 물었다. 그랬더니 방으
로 들어와보란다. 방에 와서 나에게 무엇인가를 가리켜 보여주
었다. 서랍장 위에 있는 아주 큰 결혼사진 액자였다. 결혼식 전
에 찍은 야외촬영 사진인데 화장을 하고 드레스를 입은 모습이
20년이 지난 지금의 나와는 사뭇 달랐다. 그래서 사진 속의 사람
이 엄마인 나인 줄 몰랐던 것이다. 이 방에 들어올 때마다 아빠
랑 아줌마랑 찍은 사진을 보면 슬펐단다. 어이가 없기보다는 이
제까지 아이가 말하지 못한 슬픔을 갖고 있었다는 게 되려 속상
했다.

이 충격적인 소식에 큰 아이들이 달려 나왔다. 언니들이 막내
에게 사진 속의 사람이 엄마라고 알려줘도 믿어지지 않았나 보
다. 사진을 잘 쳐다보려고도 하지 않았다. 사진을 보고 싶지 않
단다.

마침 결혼사진 옆에 첫째의 친구가 연필로 스케치해준 내 초
상화가 있었다. 그래서 막내에게 "여기 아줌마 위에 엄마 얼굴

그림을 놓을까?” 했더니 그렇게 하란다. 그래서 막내가 액자 속의 내가 아줌마가 아닌 엄마라는 것을 잘 알 때까지 내 초상화가 결혼사진 속 남편의 옆자리에 한동안 있었다.

　남편은 세월을 먹은 내 얼굴이 안쓰럽다고 했지만, 막내는 결혼사진 속의 나보다 지금의 엄마가 더 예쁘다고 했다. 아이들에게는 엄마가 젊어서 예쁜 게 아니라 엄마이기 때문에 예쁜가 보다. 생각해보니 결혼사진 속의 나는 아직 막내의 엄마가 아니었던 것이 맞다. 막내가 나에게 오기까지 세월을 먹고 따뜻해진 지금 내 얼굴이 내 눈에도 더 예쁘게 보인다.

아이들이 언제든 돌아오고 싶은 집
웰컴 홈 만들기

1. 부부간의 존경과 사랑의 기둥으로 세워지는 집

자녀 육아에 도움이 될 만한 팁을 정리해보려고 했다. 그러나 사실 아이들의 교육 문제는 기술이 아니라 인생에 대한 태도와 진정성이기에 가장 본질적인 문제를 어렵지만 먼저 이야기하려고 한다.

어느 날, 여섯째가 내 품을 파고들어 눕더니 내 얼굴을 살포시 쓰다듬는다. 그러면서 나직한 목소리로 속삭인다. "엄마, 사랑해요." 정말 마음 깊은 곳에서 올라오는 이 작은 속삭임은 잔잔한 호수에 돌을 던질 때 일어나는 일렁임처럼 내 마음 전체를 흔들어놓았다.

우리 집 아이들은 종종 "엄마, 너무 행복해요"라고 고백한다.

이 모습을 본 사람들은 우리 부부 역시 다복한 가정환경에서 자랐을 것이라고 생각한다. 이렇게 많은 자녀가 행복하게 자랄 수 있는 집은 그만한 배경이나 능력을 가진 사람들만이 가능한 것이라고 오해하기도 한다.

그러나 나는 어려서 단 하루도 행복한 날이 없는 가정에서 자랐다. 아버지는 매일 술을 마시고 오셔서 자녀와 어머니를 폭력적으로 다루셨다. 그래서 아버지가 없는 세상이 가장 행복한 세상일 것이라 생각하기도 했다. 해가 저무는 시간부터 아버지가 오시기까지, 오늘은 얼마나 만취해서 오실지 그 공포와 두려움이 어린 마음을 항상 짓누르고 있었다. 그리고 이런 환경을 참아내는 엄마처럼 살지 않을 것이라고 굳게 결심했다.

나는 부부가 어떻게 서로 존중하고 사랑해야 하는지 배운 바가 없다. 따뜻한 가정을 경험해본 적도 없다. 그런 내가 아이를 많이 낳고 홈스쿨링을 하기로 용기를 내게 된 동기는 두 가지였다. 하나는 내가 가진 기독교 신앙의 힘이었고, 다른 하나는 홈스쿨링이 아이들을 개성적이고도 바른 인성을 갖춘 사람으로 성장하는 데에 더 효과적일 것이라는 신념이었다.

정작 홈스쿨링을 시작하면서 직면한 가장 큰 문제는 아이들이 아니라 나 자신이었다. 내가 나를 어떤 존재로 생각하느냐와 내가 바라보는 남편에 대한 시각, 그리고 인생에 대한 태도가 그대로 우리 가정에 노출되면서 가정의 분위기를 만들었기 때문이다.

많은 부부가 느끼듯이, 우리 부부도 5년을 교제하고 결혼했지만 결혼생활에서 마주한 서로가 전혀 다른 사람처럼 느껴졌다. 결혼과 동시에 우리 자신도 몰랐던 우리의 가정환경에서 몸에 밴 습성들이 서로와 아이들을 향해 가시처럼 돋아나왔기 때문이다.

신혼 초에 절망적인 순간을 겪은 적이 있었다. 모든 것이 남편 때문이라고 생각하고 이 결혼을 이끌었다고 생각한 신을 원망하며 기도했다. 그런데 남편이 아니라 내가 남편에게 잘못했던 일상의 모진 말들이 파노라마처럼 지나갔다. 그 모진 말을 내가 들었다면 나는 살기 힘들었을 것 같다는 생각이 들었다. 나의 잘못들을 남편에게 이야기하며 진정으로, 그리고 처음으로 사과했다. 남편도 나에게 진심 어린 사과를 했다. 그렇게 서로 미안한 마음을 전하고 눈물로 화해한 경험이 우리 부부가 이 긴 여정을 함께해올 수 있었던 단초가 되었다.

성장 과정에서 보아온 엄마의 모습도 버팀목이 되었다. 엄마가 가정을 지키기 위해 참아냈던 그 인내의 눈물을 생각하면 살면서 겪는 고비고비를 넉넉히 견딜 수 있었다. 내가 감히 이렇게 행복해도 되나 싶을 정도로 우리 집이 작은 천국처럼 느껴질 때면 나의 엄마가 보여준 그 인내심에 경의를 표하게 된다.

아이들이 행복하고 건강하며 자신을 존중하는 사람으로 자라게 하는 것은 학업성취도가 아니라 화목한 가정환경이라는 것을 7남매를 키우며 알게 됐다. 가정이 잘 세워져서 아이들이 안전하게 머무르는 울타리 역할을 하게 되면 아무리 많은 자녀가 있어도 질서가 잘 잡히고 안정적으로 자랄 수 있다.

결혼 이후의 사랑은 감정이 아니라 서약이다. 결혼식 서약처럼, 서로를 사랑하는 것은 이제 선택이 아니라 의무와 신뢰가 된다. 남편을 경멸했던 나는, 남편을 가장으로서 존중하고 존경하기로 결단했다. 남편을 우리 집의 지붕으로 여기고 나는 남편에 대한 존경이라는 기둥을, 남편은 나를 향한 사랑이라는 기둥을 굳게 세우기로 했다. 아무리 싸워도 다음 날 아침에 출근할 때는 항상 가벼운 뽀뽀를 하고 집을 나서기로 약속했는데, 신혼 초부터 지금까지 남편은 그 약속을 잘 지키고 있다.

물론 존경과 사랑이라는 두 기둥을 한결같이 지켜가기는 쉽지 않다. 그렇지만 그 방향이 중요하다. 이 방향을 놓지 않고 가다 보면 어느새 근심 없이 해맑게 자라고 있는 아이들을 보게 된다. 아이들 역시 이 방향을 향해 자신의 키를 움직인다.

부부가 행복한 것만큼 아이들에게 가장 큰 선물은 없을 것이다. 따뜻한 가정 분위기는 아이들의 마음을 좋은 밭이 되게 만든다. 부모가 자신의 존재를 신의 작품으로 생각하고 인생 자체를 축복으로 여기는 자세는 아이들로 하여금 그들의 존재를 축복으로 받아들이게 한다.

2. 형제 사이의 질서 위에 세워지는 우애 있는 집

서약에 의한 신뢰를 바탕으로 존경과 사랑의 기둥으로 받쳐진 집, 부모의 권위가 잘 세워진 집에서는 아이들의 서열에 대한 질서도 잘 잡히기 마련이다. 남편은 부모가 없을 때 아이들이 첫째를 잘 따르도록 권위를 부여했다. 그리고 첫째에게는 첫째로서 주어진 권위를 사랑과 배려심을 갖고 사용하도록 가르쳤다.

첫째가 열 살 때 작은 선물들이 들어와 첫째에게 나눠 주도록 했다. 자기도 갖고 싶은 게 있었지만 동생들 중에 나이가 많은 사람부터 먼저 고르게 했다. 그러고는 자기는 가장 마지막에 남은 걸 가졌다. 최고참 첫째가 마지막에 남은 것을 가지니 동생들은 불평이 없었다. 첫째도 괜찮단다. 지금은 좋아서 어쩔 줄 모르는 물건도 곧 있으면 식상해진다는 것을 알아서인지 별로 미련이 없단다.

아이들 사이에 분쟁이 있을 때, 첫째가 제법 공정한 판결을 내렸다. 이런 첫째를 보며 동생들은 첫째를 신임하고 존경심을 갖게 되었다.

남편은 유일하게 남자인 셋째가 누나들한테 함부로 대들지 못하도록 엄하게 가르쳤다. 집안에 많은 여자를 이기는 데에 힘을 쓰지 못하도록 어려서부터 폭력은 절대 용납하지 않았다. 대신 남자로서의 힘을 가족을 섬기는 일에 쓰도록 가르쳤다. 그래서 쓰레기를 버리는 일 등 가장 허드렛일은 아빠와 아들의 몫이 됐다. 또 이 힘을 밭에서 작물을 가꿔 식량을 공급하는 일에 쓰도록 했다.

청일점인 아들이 우리 집에서 왕자 대접을 받을 것이라고 많이들 생각한다. 하지만 실제로 옆에서 본 사람들은 하나밖에 없는 아들을 이렇게 머슴처럼 부려도 되냐고 한다. 남편은 우스갯소리로 아들을 아끼면 안 된다고 말한다. 계곡에서 물고기 잡는 법도 가르치고, 농사짓는 법도 가르치고, 닭장을 만들며 건축하는 것도 가르쳤으니, 이제 어디서든지 가족을 이끌 수 있을 거란다.

이렇게 가정의 질서가 잡히고 나니 아이들을 실제적으로 교육할 수 있는 환경이 마련되었다. 사실 초등 저학년까지 가장 중요한 것은 훈련을 통해 좋은 습관을 만들어주는 것이다. 이때에 형성된 아이들의 태도는 작물을 심는 토양과 같아서, 어떤 밭이 만들어지느냐에 따라 이 토양에 심기는 씨앗의 열매가 달라지게 된다.

큰 아이들을 키운 경험을 토대로 지금은 세 꼬마 숙녀를 홈스쿨링하고 있다. 일곱 아이를 키우면서 중점을 두게 된 태도에 대한 몇 가지 훈련 포인트를 나눠보고자 한다. 첫째를 키울 때, 원리 위주의 육아 서적을 보며 어떻게 적용해야 할지 난감했던 기억이 있다. 그래서 내가 나누고자 하는 육아 원리는 실제 사례를 중심으로 이야기하고자 한다.

3. 9가지 훈련 포인트

① 부모에게 순종하기와 안 되는 것에 대한 경계선 정하기

무조건 "네"라고 대답하기

부모의 말을 듣지 않는 것은 모든 교육에 있어서 첫 단추를 잘못 끼우고 시작하는 것이다. 부모는 자녀교육의 일차적인 권위를 가지고 있다. 학교에서는 이 권위를 부모가 선생님에게 부여했기 때문에 아이들은 부모의 권위를 위임받은 선생님의 말씀을 들어야 한다(범죄가 발생할 수 있는 특수한 상황을 제외하고 말이다). 부모나 선생님의 말을 들을 자세가 되어 있지 않은데 어떤 교육을 시작할 수 있단 말인가.

나는 부모의 말에 대뜸 "싫어요" "안 할 거예요"라는 말을 삼가게 했다. 일단 대답은 "네" 하나밖에 없다. 처음 이 훈련은 쉽지 않다. 내가 어떤 일을 지시할 때 단번에 "네" 하고 기쁘게 그 일을 하기는 어렵다. 하지만 훈련이라고 생각하고 여러 번 반복하면 아이가 재미있어 하면서 엄마의 명령이 떨어지기를 기다린다.

이렇게 놀이처럼 반복하면서 훈련이 되면, 그다음에 바로 순종하기 어려운 상황에서 말하는 훈련을 한다. "네, 엄마"를 하고 나서 "그런데요, 저는 이러이러하게 하고 싶어요. 그렇게 해도 될까요?" 하고 공손하게 물어보도록 했다. 이야기를 들은 후, 그럴 필요가 있다고 생각되면 요구를 들어줄 때도 있고 그렇지 않을 때도 있다.

설득에 의한 "네"는 순종이 아니다

설득으로 말을 듣게 하는 것은 순종이 아니다. 그것은 아이에게 결정권을 주는 것이다. 결국 설득하는 부모보다 결정하는 아이가 더 높은 위치에 있다는 것을 가르쳐주는 셈이다. 나는 아이에게 해야 하는 것은 하라는 명령을 먼저 한다. 필요하면 그 이유를 아이의 순종이 따른 뒤에 설명한다. 아이도 궁금하지만 일단은 순종이 먼저, 그리고 그다음에 이유를 물어볼 수 있도록 허락한다.

이렇게 자란 아이들이 혹시라도 주눅이 들지는 않을까 걱정하지 않아도 된다. 10대가 되면 자기 생각이 분명해지고 목소리도 커진다. 어떤 일을 결정하려면 토론을 거치는 것이 일상이다. 요새는 논리로도 내가 많이 진다. 일본으로 대학을 가겠다는 아들에게 지진이 나는데 위험하지 않겠냐고 물었다. 그러자 사고는 어디서나 날 수 있는 것이고, 그런 사고가 무서워서 도전하지 않으면 세상에 할 수 있는 일이 어디 있겠냐고 한다. 그러면서 입시가 끝나면 힘든 아르바이트를 하겠다고 한다. 몸도 빼빼 말랐는데 골병드는 일 말고 머리 쓰는 일을 찾아보라고 했다. 그랬더니 땀 흘려서 일도 해보고 돈 버는 게 힘든 줄도 알아야 하지 않겠냐며, 아들을 왜 그렇게 약하게 키우려고 하냐는데 할 말이 없다.

다만 다 큰 아이들이 때로 부모에게 자기 의견을 거칠게 이야기하는 것을 방지하기 위해 목소리 톤이 올라갈 때마다 두 손을 공손하게 가슴에 모으고 말하라고 일렀다. 신기하게도 그렇게 기도하듯이 마주 잡은 두 손을 가슴에 대고 이야기를 하면 말투가 다시 부드러워진다. 이제 큰 아이들은 자기 의견을 겸손하게 피력하는 태도를 연습하고 있다.

사랑으로 세워지는 부모의 권위와 아이들의 자발적인 순종

순종이라는 단어가 듣기 불편한 경우도 있다. 포학한 사람으로부터 복종을 강요받거나 자유의 반대쪽에 있는 억압에 가까운 의미로 이 말을 생각하기 때문인 것 같다. 사실 경험해보면 순종은 아이들에게 있어서 병아리들이 파고들어 가는 따뜻하고 포근한 어미 닭의 날개 안 품과 같은 것이다.

아이들에게 있어서 순종이 처음에는 어려운 훈련으로 시작되지만 이것이 자기들을 안전하고 행복하게 만든다는 것을 알게 되면 즐겁게 순종한다. 그리고 자기들을 위해 헌신하는 부모의 사랑을 느낄 때 그 부모를 기쁘게 하기 위해서 또 자발적으로 순종하게 된다.

나는 집에서 대장은 아이들이 아니라 아빠라는 것을 가르쳤다. 아이들이 부모를 휘어잡지 못하게 하는 방법은 아빠가 모든 것의 결정권자라는 것을 가르치는 것이다.

이 가르침은 아주 사소한 것에서 시작한다. 우리는 외식 메뉴의 결정을 아빠가 해왔다. 물론 아빠는 주로 나와 아이들이 좋아하는 것으로 정하지만 그 결정권자가 아빠임을 확실히 했다. 아이들이 먹고 싶은 것이 서로 다를 때 아빠가 결정하면 모든 분쟁은 그것으로 끝난다. 나도 아이들이 나에게 허락을 구하는 일이 있으면 항상 아빠와 상의하겠다고 말한다.

아빠는 주로 회사에 있는 시간이 많기 때문에 아빠가 아이들을 위해서 어떻게 자기를 희생하며 일하고 있는지, 또 자녀교육에 얼마만큼의 관심을 갖고 노력하고 있는지 아이들은 잘 모를 때가 많다. 그래서 나는 아빠가 우리 가족을 위해서 어떤 희생을 하고 있는지, 그리고 아빠가 부족해서 아이들의 마음을 상하게 했을 때도 아빠가 얼마나 노력하고 있는지, 항상 아빠의 마음을 대변해서 아이들에게 이야기해주었다. 실제로도 아빠는 아이들의 안전과 요청에 대해서 내가 보기에도 헌신적인 응답을 해왔다.

하루는 첫째가 뜬금없는 질문을 했다. "엄마, 엄마는 어떻게 아빠 같은 남편을 찾아냈어요?" 이 질문은 바로 얼마 전에 일곱째가 잠자리에 누워서 나한테 한 질문이다. 일곱째가 자려고 눕더니, 아직 퇴근하지 않은 아빠 생각이 났는지 나에게 묻는다. "엄마, 엄마는 우리가 좋아하는 아빠를 어떻게 찾아냈어요?"

나는 퇴근한 남편에게 말했다. "당신 인생 성공했네. 좋겠어!" 무슨 소리인지 의아해하는 남편에게 아이들 이야기를 해주었더니 괜히 겸손한 말을 한다. "모든 아빠가 다 그렇지, 뭐."

작년에 있었던 일이다. 둘째가 외출하고 나서 집에 있던 우리도 계획에 없던 갑작스런 나들이를 하게 됐다. 목적지는 정해지지 않았다. 그냥 아빠가 "아빠랑 같이 갈 사람 차에 타!" 했더니 목적지도 모르는데 집에 있던 아이들이 전부 차에 탔다. 외출한 둘째에게도 전화를 했다. 목적지는 모르지만 함께 갈 거냐 물으니, 잠시 갈등하다 친구에게 양해를 구하고 나들이에 합류했다.

아이들에게 어디로 가는지도 모르는데 왜 흔쾌히 차에 탔냐고 물었다. 어린 동생들이 대답하길 "아빠는 항상 우리를 즐겁고 신나는 곳으로 데려가요" 한다. 아빠에 대한 믿음이 묻어나는 말이었다. 요즘은 아빠가 아이들 중 누군가를 섭섭하게 하면 내가 아니라 첫째가 위로와 중재에 나선다. "그래도 우리 아빠만 한 아빠는 없어."

"안 돼"라는 경계선 정하기

첫 아이를 키울 때 '안 된다'라는 부정적인 말을 하지 말고 긍정적인 언어로 아이를 이끌어야 창의적인 아이가 된다는 육아 정보로 인해 혼란스러웠던 적이 있다.

20년이 지난 지금 알게 된 것은 그 반대다. 안 되는 것의 경계선을 모르면 아이는 오히려 불안해하고, 안전한 울타리 안에 있을 때 집중력과 창의력이 발현되는 것을 보아왔다.

안 되는 것의 경계는 대체로 도덕적인 부분과 하지 말아야 할 행동, 그리고 신체적 위험에 노출되는 일이다. 나는 아이들의 떼를 받아준 적이 거의 없다. 안 되는 줄 알기 때문에 아이들은 떼를 쓰는 소모적인 일을 하지 않는다. 아이들이 떼를 쓰는 이유는 받아주기 때문이다. 단호해야 한다. 그래서 그런지 세 어린 동생들이 말한다. 가장 좋은 사람도 엄마고, 가장 무서운 사람도 엄마라고 말이다.

② 거짓된 말과 행동 절대 금지

우리 집에서 순종하지 않는 것 다음으로 가장 엄하게 다스리는 것은 거짓말이다. 여기에는 거짓말을 방관하거나 교묘하게 행동을 속여서 다른 사람이 오해하게 만드는 것을 의도적으로 방치하는 것도 포함된다. 의도적인 거짓말이 가장 큰 벌을 받긴 하지만, 거짓을 기반으로 해서 파생된 일에 대해 침묵하는 것도 엄하게 혼이 난다.

초등 저학년까지 학업의 목적은 성취도보다도 학업을 통해서 얻을 수 있는 바른 태도를 갖는 것에 있다. 과제를 대하는 태도에서도 거짓을 수용하는 문제가 드러나기도 한다.

사례 1

보통 때는 잘 울지 않는 막내가 피아노가 있는 방에서 울고 있다. 들어가서 무슨 일인가 살펴봤다. 다섯째가 피아노를 치고 있는데 막내가 옆에서 건반을 두드리고 방해했나 보다. 다섯째가 하지 말하고 했더니 운다는 것이다. 다섯째 말대로 일곱째가 울면서 높은음 건반을 조심스레 건드리고 있었다. 그래서 나는 당연히 언니를 방해한 것을 혼내고, 다섯째에게도 친절하게 말하라고 당부하고 나왔다.

그런데 다시 생각해보니 일곱째의 울음소리가 왠지 억울한 듯했다. 그리고 언니를 의도적으로 방해하는 아이가 아니었기 때문에 다시 들어가서 상황을 소상하게 물어보았다.

실상은 이랬다. 막내가 피아노를 치고자 피아노가 있는 방으로 가고 있었다. 이를 눈치챈 다섯째가 날렵하게 치고 들어가 새치기하듯이 먼저 피아노 의자에 앉았다. 막내가 내가 치려고 왔는데 왜 새치기하냐고 항의했다. 그런데도 다섯째가 사과는커녕 일곱째를 무시하면서 피아노를 쳤다. 그러자 억울함을 참지 못한 막내가 높은음 건반을 두드린 것이다.

상대방의 의도를 알고 새치기한 행동, 그리고 전 사정을 말하지 않아 제3자가 동생의 잘못으로 오해한 것을 의도적으로 방치한 행동에 대해서 아주 엄하게 혼을 냈다. 이런 사소해 보이는 거짓 행동이 실은 사소한 것이 아니라는 점과 큰 사건으로 발전하게 되면 법적으로 처벌받을 수 있다는 점도 예를 들어가며 알려주었다.

여섯째에게 정해진 시간 안에 덧셈 문제들을 구두로 답해야 하는 과제가 있었다. 첫 시도보다 두 번째 시도에서 오히려 시간이 더 늘어났다. 빨리 끝내고 다른 일을 하고 싶었는데 끝내지 못하고 오히려 시간이 늘어났다는 사실에 분이 났는지 울기 시작했다.

가만히 생각하면 분을 낼 일이 아니었다. 시간은 얼마든지 있고 시간을 늘려서 하다가 점점 줄여서 연습해보면 충분히 할 수 있는 일이었다. 나는 아이를 진정시키고 차분하게 방법을 설명해주었다. 그랬더니 마음을 다스렸는지 평정심을 찾고 책상에 앉았다.

그런데 몇 분 후, 정말 짧은 시간 안에 테스트를 통과했다. 알고 보니 문제지에 보일 듯 말 듯한 작은 글씨로 답을 써놓고 읽은 것이었다. 잔머리를 굴려 편법을 쓰다니, 분명 바로 잡아주어야 할 행동이었다. 이것이 얼마나 큰 거짓된 행동인지, 만약 공식적인 시험에서 이런 일을 했다면 감옥에 갈 수도 있는 아주 중대 범죄라는 것을 단단히 일러주었다. 호된 야단에 여섯째는 아까 흘린 눈물보다도 더 많은 눈물을 쏙 뺐다.

아이들의 말과 행동을 하나하나 잡아주는 것이 처음에는 품이 들고 쉽지 않아 보인다. 하지만 반복하다 보면 아이들도 스스로 분별하게 되고 이런 일들을 점점 줄여나가게 된다.

③ 탐욕 다스리기

7남매를 키우면서 아이들은 근본적으로 욕심이 많다는 것을 알게 됐다.

사람들이 우리 집에 와서 놀라는 점은 7남매 집이 어떻게 이렇게 정돈되어 있냐는 것이다. 집 자체도 그렇지만 분위기 자체도 그렇다. 아이들의 욕심을 다스리지 못했다면 우리 집은 매일같이 싸움이 끊이지 않는 정글이 되었을 것이다. 탐욕이라는 것이 그렇게 크고 먼 곳에 있는 것이 아니었다.

아이들이 셋이었을 때는 아이들을 골고루 다 만족시키는 것이 아주 어렵지 않았다. 세 아이 중 한 아이가 어디서 선물을 받아오면 나머지 두 아이도 갖고 싶다고 부러워하면서 왜 첫째만 선물을 받냐고 항의한다. 선물이 과자 한 봉지처럼 쉽게 사줄 수 있는 물건일 경우 똑같이 사주는 것으로 문제를 해결했다. 그러나 아이들이 커가면서 점점 각자의 활동 무대가 달라지고 받아오는 것도 다양해졌다. 똑같이 만족시켜주는 것이 역부족이었다.

그때 알게 됐다. 그럴 필요가 없다는 것을 말이다. 아이들의 그러한 요구를 계속 들어주는 것이 결국 아이의 욕심을 더 키우는 행동이었다. 그래서 아이들에게 못 박았다. "각자 다 자기만의 삶의 공간이 있다. 그 안에서 어떤 일이 일어나는 것은 그 사람의 복이다. 그것을 탐내지 마라."

남매 중 한 명이 사탕을 많이 받아와 동생에게 나누어 주었다. 그런데 사탕 한 개를 받은 동생이 불만이다. 언니한테 열 개가 있는데 자기는 한 개밖에 안 준다고, 한 개를 얻었음에도 불평이 가득하다.

그러면 나는 나누어 받은 사탕을 돌려주게 하고 불평하는 아이의 욕심을 채워주지 않는다. 사탕 열 개는 엄연히 언니가 주인이고 주인 마음대로 할 수 있는 것이라는 점을 확실하게 각인시켜준다. 아무것도 없는 빈손에 사탕 한 개를 얻었는데도 고맙게 생각하지 못하니 주인에게 돌려주라고 한다.

사탕이 먹고 싶으면 언니에게 정중하게 하나만 줄 수 있냐고 물어보라고 한다. 그리고 언니가 주면 꼭 고맙다고 인사하고 받으라고 가르친다. 그 후 사탕이 많은 언니는 따로 불러서 기꺼이 나누어 주는 삶의 미덕에 대해 이야기하고 권면한다. 강제로 주게 하면 준 아이는 나눠 주는 기쁨을 배우지 못한 채 분노만 품게 된다. 게다가 자기 것을 빼앗아간 동생을 사랑하기 어려워진다.

내가 다른 형제의 소유권을 존중해줄 때 내 소유권도 존중받는다는 것을 명확히 알게 한다. 그러면 많이 가진 형제가 그것을 어떻게 처분하든지 불평하지 않고, 다른 형제의 소유물에 대해서도 욕심내지 않게 된다.

내 경험에 의하면 탐욕의 근저에는 내가 받을 권리가 있다는 자기중심적인 생각이 자리잡고 있다. 나는 아이들에게 태어난 것 자체가 권리가 아닌, 값없이 받은 은혜 위에 있는 것이라고 가르친다. 따라서 자녀에게는 부모에게 요구할 권리가 있는 것이 아니라 감사할 의무가 있다는 점을 상기시켜준다.

④ 지루함 견디기

본문에서 심심함을 이겨내는 힘을 통해 창의성이 길러지는 사례를 이야기했다. 여기서는 의도적인 지루함에 대해 이야기하고자 한다.

첫째를 키울 때는 시청각 교육이 좋은 줄 알았다. 화려하고 빠르게 움직이는 자극이 아이의 뇌를 발전시킨다고 생각했다. 그런데 지나 보니 그런 자극들이 오히려 아이의 상상력 발달을 저해하는 것임을 알게 됐다.

책도 화려하고 컬러풀한 것이 좋은 것이 아니었다. 하얀 것은 종이, 까만 것은 글씨인 밋밋한 책들이 아이들의 상상력과 인내심과 집중력을 키우는 데에 훨씬 도움이 되었다. 실제로 아이들은 어린 나이에도 이런 책을 충분히 읽어내고 오랜 시간 앉아서 책의 내용에 대해 이야기할 수 있다는 것을 아이들을 키우며 확인할 수 있었다.

사례 1

가장 좋은 예가 되는 책이 성경책이다. 어른도 조용히 앉아서 읽는 것이 쉽지 않은데, 우리 집 막내는 익숙하게 한다. 그리고 어른 설교를 들으면서 요약도 한다. 실제 내용 요약은 몇 줄 안 되지만 그 안에서 들은 단어들을 공책에 빼곡히 채워 넣는다. 지루함을 견디면서 아이들은 마음의 공간이 넓어지고, 그 마음 그릇에 무엇인가를 담아낼 인내심을 기른다.

요즘 아이들 책을 보면 대부분 가볍고 자극적인 만화투성이인 것이 너무 안타깝다.

우리 집에서는 스마트폰 사용에 제약이 많다. 세 꼬마 숙녀들에게는 휴대전화가 아예 없고, 10대 후반의 큰 아이들은 집에 들어오면 스마트폰을 거실에 둔다. 유튜브와 인스타그램은 금지다.

물론 성인이 되면 자유다. 성인이 되어서 어떻게 절제하느냐의 문제는 별개이다. 어려서 스마트폰의 노예가 되는 것은 막자는 것이 목표다. 스마트폰을 들고 각종 영상을 트는 순간, 스마트폰이 아이들의 주인이 되는 것이다. 식당에서나 마트에서 부모가 편하고자 스마트폰과 태블릿을 베이비시터로 고용한 모습을 보면 안타깝다.

스마트폰을 차단할 수 있는 홈스쿨링 환경

홈스쿨링의 장점 중 하나는 스마트폰으로부터 아이들을 보호할 수 있다는 것이다. 홈스쿨링 공동체에서는 대부분의 아이들이 휴대전화를 쓰지 않거나 굉장히 제한적으로 사용한다. 모든 아이가 그러하니 없는 것에 대한 불편과 불만도 없다. 어려서 순종 훈련이 되어 있는 아이들에게서 휴대전화를 통제하는 일은 상당히 쉽다. 그냥 "안 돼" 하고 주지 않으면 되는 것이다.

나는 한 번도 내가 편히 밥을 먹기 위해서, 또는 공공장소에서 조용히 시키기 위해서 스마트폰을 준 적이 없다. 식당에서는 원래 돌아다니지 않고 조용히 먹는 것이고, 공공장소에서도 원래 조용히 있어야 하는 것이라고 가르치면 조용히 있는다.

그래서일까? 우리 아이들이 가는 곳마다 가장 많이 들었던 칭찬이 아이들이 어떻게 이렇게 가만히 있냐는 것이다. 가만히 있는 것이 그렇게 놀라운 일인 줄 몰랐다. 네다섯 명의 아이들이 어디서든지 가만히 있으니 신기한가 보다. 식당에서 종종 듣는 칭찬 중 하나는 이 많은 아이가 어떻게 한 명의 아이보다 조용할 수 있냐는 것이다.

어린아이들이 넋을 놓고 스마트폰이나 태블릿을 들고 있는 것을 보면 내가 괴롭다. 화면 속에서 괴물이 나와 아이의 뇌를 파먹고 있는 것 같다. 충분히 절제할 수 있는 아이를 왜 통제 불가능한 아이로 만드는 걸까?

중독은 횟수와 비례하지 않는다

우리도 아이들이 어렸을 때는 PC를 사용해 어린이 콘텐츠를 틀어주기도 했다. 그래서 동생이 많은 첫째가 열세 살이 되도록 본 최고 등급의 프로는 〈보니하니〉였다.

그러나 그것마저도 부작용이 있었다. 〈보니하니〉를 내리 두 시간 정도 본 날에는 낯빛이 벌게지고 눈빛이 멍해져 있다. 또 볼 수 있는 날이 언제냐고 물으며 그날만 기다린다.

중독이라는 것이 꼭 시간과 횟수에 비례하는 것이 아니라는 것을 이때 알았다. 일주일에 한 번이어도 아이의 마음이 그 한 번의 시간에 꽂혀 있다면, 그래서 그것이 아이의 행동을 조종하게 된다면, 그것이 바로 중독인 것이다.

그래서 그때부터 정기적인 시청을 끊었다. 혹시 내가 잠시 외출할 때 불규칙적으로 보게 될 경우, 아무리 재미있는 장면이 나와도 엄마가 들어온 순간에는 바로 끄게 했다.

지금 세 어린 동생들은 아예 시청 금지다. 인터넷 영어 수업도 다른 방법으로 할 수 있는 방법이 없을까 고민 중이다.

게임 금지

인터넷 사용 중 남편이 가장 경계한 것은 게임이다. 남편은 모든 도박은 게임에서 시작된다고 생각했다. 그래서 큰 아이들이 어렸을 때 인터넷 학습의 일환인 맞추기 게임도, 심지어 그림 맞추기 게임도 못하게 했다.

그때는 좀 어이가 없고 너무 심하다 싶었다. 그런데 지금은 그러길 잘했다는 생각이 든다. 아예 게임의 문턱을 높여놔서 아이들이 집에서 인터넷 게임이라는 것은 상상도 못 하게 되었다.

유일한 아들도 초등기에 잠시 코딩을 배우며 본인이 만든 게임을 해본 것 외에는 없다. 한번은 모르는 번호로 부재중 전화가 찍혀 있었다. 놀이터에서 놀다 온 아들이 친구가 게임을 시켜준다고 해서 엄마한테 물어보려고 전화했다는 것이다. 엄마가 안 받아서 어떻게 했냐고 물으니 하지 않았다고 했다. 안 한 것에 대한 미련도 별로 없었다.

아빠가 게임 대신 다른 생산적인 일에서 즐거움을 발견하도록 많이 애써주었다. 밭일을 함께한 것뿐 아니라, 지역 행사로

마켓이 열리면 물건을 팔 수 있는 장도 마련해주었다. 아들이 팔 물건이 없어 색종이로 바람개비 창을 만들어 판 적이 있었다. 누가 살까 싶었는데, 꼭 아들 같은 아이가 와서 200원을 주고 샀다고 했다.

스마트폰이 아니어도 아이들의 관심을 살 수 있는 것은 많다. 부모가 관심을 갖고 주위를 둘러보고 불편을 조금만 감내한다면 충분히 많은 것을 찾아낼 수 있다. 그런 헌신은 아이가 컸을 때 소통할 수 있는 문이 되어주기도 한다.

⑤ 기다리기

아이들에게 인내심과 절제력을 키워주고 싶다면 기다리는 훈련을 추천한다. 나는 매일같이 의도적으로 이 훈련을 한다.

사례 1

몸에 좋지 않은 과자와 젤리를 선물로 많이 받아온다. 이런 것들을 먹는 것에는 제한이 걸려 있기 때문에 먹어도 되는지 물어보고 먹어야 한다. 절제의 훈련을 위해 일부러 작은 젤리 한 봉지도 뜯어서 2개만 먹고 나머지는 잘 봉해두었다가 나중에 먹으라고 한다. 다시 먹을 수 있는 날을 정해주지 않고 기다리라고 할 때도 많이 있다.

한번은 막내가 물어보지 않고 젤리를 먹었다. 먹다가 아차 싶었는지 나한테 와서 젤리를 허락 없이 먹었다며 입안에 든 젤리를 보여준다. 웬만하면 이실직고한 것이 예뻐서라도 먹으라고 할 만한데, 순간 어떻게 하는지 보고 싶었다. 무섭지 않은 목소리로 "빼서 버려"라고 말했다. 아이도 당연하다 여겼는지 입안에 있는 젤리를 군말 없이 빼서 버리고 기쁘게 돌아서서는 잘 놀았다.

특별한 장소에 가고자 할 때, 기다림의 훈련을 위해 일부러 날짜를 정하지 않을 때가 많다. 아이들은 날을 잡아 약속을 하자고 하지만 실제로 약속을 해도 못 지킬 일이 생길 때도 있다. 언제가 될지는 모르지만 여건이 되는 날 가겠다고 하면 기약이 없어 보이긴 해도 가긴 간다는 것을 알기 때문에 기다리는 데에 무리가 없다.

내가 다른 어른들과 이야기 중이거나 통화 중일 때는 끼어들지 못하게 한다. 위험한 일이 아니면 끝날 때까지 기다렸다가 용건을 이야기하게 한다. 별것 아닌 일이지만 이것은 예의이기도 하면서 차례를 기다리는 인내를 배우는 데도 도움을 준다.

⑥ 성실한 태도를 습관화하기

성실성은 전 인생에 있어서 꼭 필요한 덕목이다. 지루함 견디기와 기다리기를 통해 배울 수 있는 인내심이 여기에서 드러난다.

아이들은 읽기 훈련으로 매일 성경을 두 장씩 큰 소리로 읽고 녹음한다. 어느 날 막내의 읽기가 이상하게도 일찍 끝나는 것 같았다. 지나간 녹음들을 살펴보니 머리를 굴려 몇 문단씩을 빼먹고 읽은 것이 드러났다. 분량이 많으면 조정하면 될 것을, 의도적으로 엉터리로 읽은 것이다. 처음에는 넘겨 읽은 것이 실수였다고 하다가, 한두 장도 아니고 몇 장씩 발각이 되니 그제야 일부러 그랬다고 실토한다. 두 번씩이나 거짓말한 것과 무슨 말인지 알아들을 수 없게 흘려 읽은 발음들하며, 불성실한 태도에 대해 아주 엄히 훈계했다.

특히 대충하는 것에 대한 예를 많이 들려주었다. 엄마가 국을 대충 끓여서 소금, 간장 막 넣으면 되겠느냐, 빨래를 대충해서 세제가 묻어 있고 그러면 되겠느냐, 이런 사소한 예를 드니 이해가 잘되는지 대충하면 안 된단다. 그리고 대충하는 대충이는 송충이 친구라고 했더니 절대 안 된다면서 빵 터진다.

모든 상황이 일단락되니 막내가 소파 한쪽에 자리를 잡고 앉는다. 아주 또랑또랑한 목소리로 성경을 다시 읽으며 녹음하고, 대충 휘갈겨 쓴 글씨도 다시 또박또박 따라서 써 내려간다.

속도는 느려도 된다. 이 시기에는 아이들에게 학업에 임하는 태도를 통해 성실하게 삶을 대하는 태도를 가르칠 수 있다.

⑦ 스스로 꾸준히 공부하기

요즘 우리 집 아이들은 아침 7시 30분 정도면 일어난다. 일어나자마자 아침에 할 일 보따리를 가지고 거실에 있는 큰 테이블로 간다. 큰 테이블에서 각자 아침에 해야 할 것들을 내가 시키지 않아도 습관대로 하나둘씩 해나간다. 아침을 먹은 후 다시 각자의 진도대로 공부하고 나면 보통 점심 전에 공부가 끝난다. 분량은 스스로 정하게 한다. 너무 적어서 불성실한 양도 아니고, 너무 많아서 하기도 전에 질려버리는 양도 아니다. 산으로 치면 조금 땀이 나긴 하지만 오름직하고, 오르고 나면 성취감이 느껴지는 정도의 양으로 스스로 정하게 한다.

양보다 '꾸준히'가 중요하기 때문에 꾸준히 하는 것을 방해하는 양이라면 과감하게 줄이는 것이 좋다. 첫째 때는 내 욕심 때문에 나도 첫째도 힘들었다. 양에 욕심내지 않고 아주 적은 양이라도 꾸준히 했더라면 열매가 있었을 것이다. 많은 것을 욕심내다가 서로 마음만 상하고, 이도 저도 아니게 하다가 만 것들이 많다.

사람들이 어떻게 세 명을 한꺼번에 가르치냐고 묻는다. 사실 가르치지 못한다. 다섯째의 수학은 셋째가 봐주고, 연산은 다섯째가 스스로 자기 분량을 정해서 해나간다. 영어 공부도 스스로 사전에서 단어를 찾아가며 하고, 모르는 것을 가끔씩 물어본다. 요즘은 한자와 일본어를 혼자 공부하고 있다. 일본 유학을 준비하는 셋째에게서 영향을 받은 것 같다. 일본어는 필요할 때마다 셋째가 도움을 주고 있다. 여섯째와 일곱째는 연필 잡는 법부터 글씨 쓰는 순서를 잘 익히기까지는 옆에서 도움을 준다. 도움을 받아야만 진도가 나가는 부분도 내가 옆에 앉아서 도와준다. 필요에 따라 다섯째나 여섯째가 일곱째의 공부를 도와주기도 한다.

일단 지루함을 견디고 기다리는 훈련이 된 상태에서 성실성이 뒷받침해주면 집중력 있게, 꾸준히, 스스로 공부하는 일은 어렵지 않다. 다섯째가 여섯 살에 받침 있는 한글을 혼자서 뗄 수 있었던 것도, 일곱째가 성경 따라 쓰기를 하다가 스스로 한글을 깨우치게 된 것도, 혼자 책상 앞에 한두 시간씩 앉아 있을 수 있는 훈련이 되었기 때문이다.

⑧ 자연에서 함께 놀기

밭에는 봄부터 가을까지 다양하고 예쁜 꽃이 많이 핀다. 심어 놓은 꽃뿐 아니라 길가에 핀 풀꽃조차 가던 길을 멈추고 바라보게 만들 정도로 예쁘다. 막내는 이렇게 예쁜 꽃들을 보면 마음이 따뜻해진다고 한다. 여섯째는 '천국에도 이렇게 예쁜 꽃이 있을까?' 하는 생각이 든다고 한다. 나와 같은 생각이어서 놀랐다. 나도 천국이 이렇게 예쁜 꽃들로 가득 차 있기를 바라기 때문이다. 다섯째는 지나가는 사람들이 밭에 있는 꽃들을 칭찬할 때마다 꽃이 참 대단하다는 생각이 든단다.

인공적인 장소에서 기계적인 시스템 아래에 있다가 자연 속으로 들어가면 살아 있는 생명들이 주는 활력이 지친 몸과 마음에 평안을 준다. 뭐든 만질 수 있고, 냄새 맡을 수 있고, 속 깊이 들여다보며 관찰할 수 있고, 간혹 먹을 수도 있고, 기대어 쉴 수도 있고, 가지고 놀 수도 있는, 그 나름대로 스토리를 가진 살아 있는 존재들과 소통한다. 아이들은 콘크리트 환경 속에서는 경험할 수 없는 생명에 대한 경이로움을 자연을 통해 배운다.

오전에는 공부하고 오후에는 자연에서 노는 것이 이상적으로 보이지만, 도시에 살면서 그렇게 하기는 쉽지 않다. 그래서 밭이 생기기 전에는 서울시민을 위한 친환경 텃밭을 이용했고 밭 근처 계곡을 많이 찾아다녔다(도심에서는 시청이나 구청 홈페이지를 통해 텃밭 분양 정보를 얻을 수 있다).

겨울이면 남편은 가평과 춘천 근처의 꽁꽁 언 강을 찾아갔다. 빙판에 직접 구멍을 뚫고 아이들과 빙어를 잡기도 했다. 많이 잡아 와서 집에서 튀겨 먹은 적도 있지만, 잡은 그 자리에서 요리한다고 프라이팬과 버너를 겨우내 트렁크에 싣고 다니기도 했다. 셋째와 넷째가 빙판 위에 쪼그리고 앉아 고추장으로 양념된 빙어를 먹는 사진은 지금 보아도 그리운 추억이다.

한창 추울 때 한탄강 트레킹도 여러 번 했다. 한탄강에서 얼음에 발이 빠져 대피소 난로에 발을 데우고 왔던 셋째도 그날의 추억을 고스란히 간직하고 있다. 어린 막내를 업고 온 가족이 한탄강 트레킹에 도전하기도 했다. 어린 자녀를 둔 부모들이 주말에 쇼핑몰 대신 자연을 접할 수 있는 장소를 찾아다니면서 추억을 만들 수 있기를 바란다. 가족의 단합을 위해서도 좋은 활동이다.

자연 속에 아이를 풀어놓고 "혼자 놀아"가 아니라 아이와 소통하면 좋겠다. 꽃에 대해, 나무에 대해, 함께 느끼는 바람과 소리에 대해, 의미를 부여하고 살아 있는 것들에 대한 신비를 함께 나누면 좋겠다. 아이는 인생에서 어려운 고비를 만날 때 어쩌면 이날의 따뜻한 기억들을 붙잡고서 그 고비를 넘어갈 것이다.

⑨ 결핍을 두려워하지 말라

스스로 채워나가는 아이

지금에 와서 많이 후회하는 것이 있다. 잘 자라지 못할까 봐 불안해서 안 해도 되는 일을 한 것과 해야 하는 일을 하지 못한 것이다.

그때는 그것이 아이를 위한 최선의 일이라 생각해서 아이와 내가 고통을 감수하고 했던 일이었다. 그런데 지나고 보니 나의 불안감을 해소하기 위해 합리화시키는 이기적인 변명이었다는 생각이 든다.

얼마 전에 마트에서 나이 많은 학습지 선생님이 나에게 학습지를 소개했다. 할 생각이 없다고 정중히 거절했는데도 집요하게 요청하셨다. 엄마표를 하면 망한다면서 강남에서 아이들이 어떻게 하고 있는지 설명했다. 지금부터 어떤 식으로 관리가 들어가야 하는데, 본인한테 맡기면 잘 관리해주겠다고 했다. 첫째가 두 돌이었을 때부터 학습지 선생님에게 영어를 시작하기에 늦었다는 이야기를 들은 적이 있는데 요새는 오죽할까 싶다. 요즘은 출산율이 떨어져서 그런지 어린아이를 둔 엄마의 불안감을 이용하려는 사교육이 많이 생기는 것 같다.

밭에 가는 길에 포장된 시멘트 길이 있다. 세상에나, 그 시멘트를 뚫고 풀이 솟아 나왔다. 한두 군데가 아니다. 잡초의 힘이 그렇게 센 줄 몰랐다. 그 견고한 시멘트가 풀 앞에서 참 무력해 보였다.

일전에 함께 홈스쿨링을 하는 엄마들과 웃으면서 한 이야기가 있다. "우리가 씨앗을 너무 깊이 심었나 봐." 다들 무슨 뜻인 줄 알기에 함께 숨넘어가듯 웃었다. 애써 심긴 심었는데 열매가 보이지 않는다는 뜻이었다.

씨앗을 심으면 싹이 나고 자라서 많은 새가 깃들고 풍성한 열매를 주는 나무가 되기까지 많은 기다림의 시간이 필요하다. 흙속에 파묻힌 씨앗에서 무슨 일이 일어나고 있는지 바깥에서는 확인할 수 없다. 그러나 시간이 지나면 땅의 양분을 먹고 반응을 일으킨 씨앗에서 싹이 나고, 그 싹이 땅을 뚫고 나오기 마련이다.

요즘은 부모가 손을 쓰지 않으면 아이들이 잘 자라지 못할 것이라는 전제를 가지고 있는 듯하다. 또, 다 채워주지 않으면 아이 스스로 할 수 있는 것이 없다고 생각하는 듯하다. 너무 많은 것이 풍족하고 넘쳐난다.

나도 처음에는 다 채워줘야 하는 것이 부모의 의무라고 생각했다. 이 생각이 변하지 않았다면 일곱이나 되는 아이들을 낳지 못했을 것이다. 계산기에서는 답이 나오지 않는다. 생명 자체가 신의 은총임을 알게 된 후, 내가 해줄 수 없는 것에 대해서는 내려놓기 시작했다. 용돈을 풍족하게 주지 못하는 것에 대해서도 마음 졸이지 않기로 했다.

아이들은 아껴 쓰거나, 벌어 쓰거나, 밥값이 비싸면 집에서 밥을 먹고 다니거나, 무료 쿠폰을 이용하거나 하는 등 나름 자기 삶을 스스로 꾸려간다. 둘째가 중학교 1학년 나이에 이사를 했다. 전에 다니던 학원에 정이 들어서 못 옮기고 지하철을 타고 학원에 다녔다. 어느 날, 갑자기 오가는 교통비와 학원 수업의 질을 따져보니 옮기는 게 맞다며 집 근처로 학원을 옮겼다. 용돈을 주지 않고 벌어서 쓰던 시기라 수업의 질이 차비를 지불할 만큼 가치 있는지 따져보게 된 것이다.

우리 집에서 학원은 기회였다. 큰 아이들이 중고등학생 나이쯤이었을 때 아빠가 가끔씩 다니기 싫으면 안 다녀도 되니까 꾸역꾸역 다니지 말라고 말한 적이 있다. 그러면 큰 아이들은 "즐거워서 다닌다니까 왜 자꾸만 그런 말을 해요" 하면서 정색하곤 했다. 대기 중에 있는 사람이 줄을 섰기 때문이다.

기회가 적기 때문에 더 절실해지기도 한다. 셋째도 중학생 나이였을 때 혼자서 학교 밖 지원센터 프로그램을 스스로 찾아다니면서 받을 수 있는 혜택도 받고 공부도 했다.

존재 자체를 축복으로 여기는 아이들은 결핍을 불평하지 않는다. 오히려 그 결핍 때문에 길을 발견하고 도전하면서 자기에게 주어진 인생을 건강하게 만들어간다. 부모가 믿고 기다려준다면 말이다.

결핍을 채워주는 책

책은 결핍이라 생각되는 부분을 채워줄 수 있는 가장 큰 도구이다. 처한 환경에서 배울 수 없는 많은 것을 책을 통해 충분히 배울 수 있다. 정보뿐 아니라 경험까지도 말이다.

『하이디』를 읽으면 알프스의 아름다운 자연환경을 상상해보게 했다. 몸은 가지 못해도 마음으로 가는 것이다. 아이들과 해외여행은 한 번도 못했지만 책을 통해서 많은 여행을 했다.

책은 함께 읽음으로써 결핍된 관계의 회복에도 도움을 준다. 첫째가 네 살쯤, 남편은 아빠를 싫어하는 딸과 친밀한 관계를 만들기 위해서 퇴근 후에 딸을 무릎에 앉히고 동화책을 읽어주기 시작했다. 이것을 계기로 아빠와 딸이 친해지게 되었다.

아이가 어릴수록 책은 내용보다 읽어주는 사람과의 정서적 교류에 큰 도움을 준다. 나는 주로 자기 전에 아이들에게 책을 읽어주곤 한다. 아이들은 책을 읽기 위해 일찍 잠자리 준비를 하므로 습관 형성에도 좋다. 불을 끄고 손전등을 켜서, 누운 아이의 머리를 쓰다듬으며 아름다운 이야기를 읽어주는 그 시간은 아이들뿐 아니라 나에게도 위로와 행복을 준다.

대표적인 홈스쿨의 유형은 있으나 가정마다 다 아래의 분류처럼 딱딱 맞아 떨어지는 것은 아니다. 우리 집만 해도 아이들마다 성향이 다르기 때문에 학교 같은 체계를 좋아하는 아이도 있고 조직화를 싫어하는 아이도 있다. 따라서 어떤 유형을 선호하면서 가더라도, 특정 시기와 필요에 따라 유동적으로 바뀔 수도 있고 섞일 수도 있다. 홈스쿨이라는 것이 학교가 아니라 인생 여정이기 때문이다.

1. 전통적인 접근 방식

공교육을 경험한 우리가 가장 편하게 느끼는 접근 방식이다. 학교를 그대로 집으로 가져온 형태이다. 그래서 각 과목이 나뉘어 있고, 과목마다 교과서, 지침서, 시험지와 같은 것들이 존재한다. 성공적인 대학 진학이 목적이기 때문에 홈스쿨의 내용은 전문적인 지식 습득이 주가 된다. 자녀와 부모의 관계도 학생과 교사의 관계가 된다.

2. 언스쿨링 접근 방식

전통적인 접근 방식과 가장 거리가 먼 유형이다. 말 그대로 부모가 인위적으로 개입하지 않고 아이의 자발적인 학습 욕구나 호기심을 따라 적절한 순간에 도움을 주는 조력자의 역할을 한다. 방치하는 것처럼 보일 수 있지만, 오히려 부모의 관심이 더욱 필요한 방식이다. 자발적이고 창의적인 아이들에게 있어서 특정 시기에는 효과적일 수 있다. 우리 집 셋째가 닭을 키울 때 이러한 시간을 보냈다. 언스쿨링 방식을 따르더라도 읽기나 쓰기, 셈하기 등 살아가는 데 있어서 필수적인 공부는 꼭 해야 한다.

3. 샬롯 메이슨 접근 방식

홈스쿨러들이 가장 선호하는 방식일지도 모르겠다. 아이들을 온전한 인격체로 보고, 자율성, 자발성과 함께 좋은 습관을 통한 인격 형성을 중요하게 여긴다. 오전에는 공부하고 오후에는 마음껏 책을 읽으며 살아 있는 자연과의 교감을 통해서 창의력과 사고력을 길러주는 방식이다.

특히 살아 있는 책을 통한 교육을 강조한다. 여기서 살아 있는 책이란, 지식 전달을 위한 짜깁기나 축약본이 아니라, 인간적인 이야기나 감정이 살아 있는 책을 의미한다.

4. 통합 학습 접근 방식

전통적 접근 방식과 언스쿨링 접근 방식을 적절히 활용하는 것이다. 통합 학습 커리큘럼으로 구매 가능하게 나온 것을 사용할 수도 있고 가정에서 독자적으로 개발할 수도 있다.

하나의 주제를 놓고 수학, 과학, 역사, 사회, 언어, 예술 등 다양한 과목을 포괄하여 공부하는 방식이다. 예를 들어, 땅콩이라는 주제가 있다. 땅콩의 과학적 활용 가치, 땅콩을 이용한 요리, 땅콩이 잘 자라는 토양, 땅콩과 관계된 문학, 땅콩이 인류에 미친 영향 등 다방면의 과목을 포괄하여 공부한다. 그렇기에 한 주제에 대한 동시다발적인 지식들이 마치 벽돌 위에 벽돌을 얹어 집을 짓는 것과 같이 쌓이게 된다. 주제 중심이기 때문에 다양한 연령의 학생들도 함께 공부할 수 있다는 장점이 있다.

5. 고전 교육 방식

서양의 인본주의, 지성주의, 성경적인 신본주의 철학에 기초를 두고 발전해온 교육철학에 의한 방식이다. 3학과라고 불리는 문법, 논리학, 수사학의 단계를 거쳐 지도하는 방식이다. 5~10세의 초등 단계를 문법 단계, 10대 초·중반의 단계를 논리(이해) 단계, 10대 중·후반의 단계를 수사 단계로 분류한다.

초등 단계인 문법 단계에서는 각 과목에서 기초적인 사실과 지식을 배운다. 중등 과정인 논리(이해) 단계에서는 사실들 간의 논리적인 관계나 지식들 사이의 상호 관련성을 공부한다. 마지막 10대 중·후반에 해당하는 수사 단계에서는 쌓아온 지식과 정보를 품위 있고 세련된 방식으로 표현하고 설득하는 방법을 공부한다. 연설문 작성이 여기에 해당하겠다.

*위의 홈스쿨 유형 분류는 GPN의 홈스쿨 여행캠프 코스 3을 참고하였다.

✳ 홈스쿨 정보 ✳

• 원안크로스: 홈스쿨 여행캠프

원안적인 삶의 양식의 회복과 복음적인 교육방식, 공동체적인 마을살이를 지향한다. 홈스쿨의 성경적 기초 원리와 전반적인 밑그림을 그려나갈 수 있도록 돕는 독서 나눔 형식의 캠프이다. 시즌 1에서 시즌 4까지 다양한 내용을 다룬다. 온라인으로 진행해 지역에 상관없이 참여할 수 있다.

문의: lmb2767@hamail.net

• GPN(Godly Parenting Network)

원안크로스의 가치에 동의하는 홈스쿨 가정들이 만들어가는 지역 네트워크 모임이다. 자유롭고 자발적으로 운영되고 있으며, 정기적으로 열리는 온라인 수양회를 통해 홈스쿨에 필요한 도움을 받을 수 있다. 현재 수도권에서 제주도까지 22개의 전국 네트워크 모임이 운영되고 있다.

문의: ljw2000@hanmail.net

• 아임홈스쿨러

홈스쿨러들에게 필요한 컨퍼런스 및 많은 정보를 제공해주고 있는 홈스쿨 포털 사이트다. 홈스쿨 관심자들과 홈스쿨러들에게 다양한 소통의 공간이 되고 있다.

웹사이트: https://imh.kr

• 글로벌홈스쿨링아카데미

기독교 홈스쿨러들을 돕는 지구촌교회의 홈스쿨 지원 사역이다. 홈스쿨링을 통해 가정과 교회와 교육의 회복을 이루고자 많은 프로그램들이 운영되고 있다.

웹사이트: http://globalhome.or.kr

• 조슈아홈스쿨아카데미

성경적 가치관으로 자녀를 교육하기 원하는 가정들을 돕는 홈스쿨 기관이다. 부모 훈련과 교육 프로그램을 제공하고 있으며, 자녀들의 연령별 모임도 운영하고 있다. 경기도 양평의 양수리 생태공원 옆에 인접하고 있어 아이들의 자연 활동에 좋다.

웹사이트: https://jha.kr

• CC(Classical Conversations)

미국에 모태를 두고 있는 홈스쿨링 단체이다. 기독교 고전 교육으로 공동체가 함께 가족 중심의 교육을 할 수 있도록 돕는다. 현재 경기도에 2개의 공동체가 운영되고 있다.

웹사이트: https://classicalconversations.com
문의: jihye.classicalconversations@gmail.com

• 필그림스 아카데미

미국 기독교 교육 시스템인 밥 존스 대학교 출판사(BJU Press)의 커리큘럼과 온오프라인 교재를 한국 가정의 환경에 맞게 활용할 수 있도록 시스템과 컨설팅을 제공하는 방과후 홈스쿨 지원 프로그램이다.

웹사이트: https://naver.me/F0AVdH2n

• 처치홈스쿨

교회와 가정이 협력하는 성경적 교육을 추구하며 부모 훈련, 성품 훈련, 태도 훈련 프로그램 등을 제공하고 있다. 학업에 있어서는 미국 S.O.T 교재를 사용한다.

웹사이트: churchhomeschool.org

✳ **감사의 말** ✳

결혼식에서 입었던 아름다운 드레스는 그날로 끝이었다. 25년 동안 내가 입어온 옷은 주로 앞치마와 함께 아이들을 안고 부엌에서 살림하기에 편한 옷이었다. 신발이나 가방도 아이들을 안고 걷기에 편하고 안전한 운동화, 많이 들어가고 막 굴려도 좋은 가방이 내가 걸친 전부였다.

가끔씩 이런 나를 안됐다고 보는 사람들이 있었다. 명품은 아니어도 이렇게 패션이 발달한 시대에 나 자신을 꾸미는 일에 한 푼도 투자하지 못한다거나, 갈 데 많은 이 좋은 세상에서 놀러 다니지도 못한다고 말이다. 그도 그럴 것이 최근에 다녀온 일본 여행이 결혼 후 23년 만의 첫 해외여행이었다.

그러나 나는 그런 시선에 전혀 흔들리지 않는다. 아이들과 함

께 일곱 번의 인생을 살아오면서 아이들은 내게 결혼식 드레스
와는 비교할 수 없는 곱고 아름다운 빛의 옷을 입혀주었다. 아이
들의 성장과 함께 나의 인격도 성숙해왔다. 옷은 벗으면 그만이
지만, 인격에서 나오는 우아함은 나 자신, 그 자체이다.

아이들을 맡기고 근사한 호텔에서 하룻밤을 지낸 적이 있다.
좋을 줄 알았는데 전혀 그렇지가 않았다. 아이들이 보고 싶었다.
그때 알았다. 돌아갈 곳이 있기에 오늘 이 외출이 의미가 있다는
것을. 돌아갈 곳이 없다면, 나를 기다리고 반겨주는 곳이 없다면,
이 좋아 보이는 여행이 계속된들 무슨 의미가 있을까. 무엇보다
아이들과 함께한 이 인생 여정이 내게는 최고의 여행이다.

내 인생이 이렇게 많은 아이들로 둘러싸이게 될 줄은 꿈도 꾸
어보지 못했다. 다섯째, 여섯째, 일곱째가 앉아서 서로 이야기한
다. "나는 다섯째니까 다섯 명 낳을 거야. 너는 여섯째니까 여섯
명 낳고." "나는 일곱째니까 일곱 명 낳아야지." 그러다가 다섯째
가 마음이 바뀌었다. 조금만 낳겠다면서 네 명만 낳겠단다.

"그래, 네 명만이라도 꼭 낳아라."

다시 인생을 산다 해도 이보다 잘 살 수는 없을 것 같다. 다
시 태어나도 오늘 내가 살아온 이 인생을 주저하지 않고 선택
하겠다.

내가 가장 사랑하고 존경하는 엄마, 또 많은 귀감이 되어주신
어머님께 감사드린다. 이름을 부끄러워하셨던 엄마 그리고 어머
님, 당신들의 이름은 전혀 촌스럽지 않아요. 저는 그 이름이 너

무 자랑스러워요. 그래서 이렇게 책에 남깁니다. 이름이 같아서 더 신기한 원춘자, 이춘자 어머니, 사랑하고 존경합니다. 그 어려웠던 인생을 끝까지 인내하며 사랑으로 살아내셨기에 오늘 저와 남편이 여기에 있고 우리 아이들이 있습니다.

첫째 아이 출산 이후, 모든 아이의 출산과 성장을 함께 지켜보며 내 인생에 멘토가 되어주신 이정미 학사님. 20여 년 동안의 삶의 우여곡절을 동행해준 PBS(Personal Bible Study) 모임의 멤버들, 감사합니다.

홈스쿨링이라는 생소한 이 길을 함께 울고 웃으며 걸어준 홈스쿨링 가정들과 교회 신혼부부 소그룹 모임 가정들에도 감사를 드립니다.

명함도 없고 얼굴 한 번 본 적 없는 나에게 선뜻 지면을 할애해주신 《더 칼럼니스트》의 문주용 대표님. 아이들의 이야기를 쓸 수 있는 기회를 주셨고, 많은 격려로 글을 계속 쓸 수 있도록 용기를 주셔서 고맙습니다.

그리고 소소한 이 글들을 글쓴이와 같은 마음으로 읽고 세상에 나올 수 있게 해주신 '스미다'의 신재옥 대표님, 감사합니다.

글쓰기 시작할 때부터 오늘까지 원고를 읽고 오타를 잡아준 언니에게 고마운 마음을 전합니다.

마지막으로, '당신이 있을 때만이 행복이야'를 신혼부터 지금까지 프로필 문구로 지켜준 남편, 오늘날 나를 나되게 만들어준 사랑하는 일곱 아이들, 사랑하고 고맙습니다.

Welcome Home

웰컴 홈, 우리 집 학교

7남매 홈스쿨링에서 찾은 자녀교육의 해답

초판 1쇄 발행 2026년 3월 2일

지은이 김미영
펴낸이 신재옥
디자인 별을 잡는 그물 양미정

펴낸곳 스미다
출판등록 제2025-000072호
이메일 smida@smidabooks.com
인스타그램 @smidabooks